U010894З

寫出優秀
說明文

謝振強・主編

中華教育

目 錄

序 一

　　我是認識校長爺爺的。在不同的教育場景，都會見到他的蹤影，特別喜歡見到他的笑容，總是那麼慈祥可親。

　　這趟有機會為他的《校長爺爺教寫作系列》寫序，更是我的榮幸。校長爺爺接觸學生無數，觀察與洞悉學生寫作的優缺點，都有深厚的認識。這套系列正好是將校長爺爺的功力發揮得淋漓盡致，無論從「組織及寫作手法」的點評，「思路導航」的「表」文並茂，還有那些「升級貼士」及文末的「校長爺爺點評」，都是點中要「缺」，更加上「好詞好句補給站」，讓詞彙貧乏的學生得着很多有用的貼士，最後加上「小練筆」，讓學生們學以致用。

　　當我捧讀這套書時，更喜見那些「佳作共賞」的學生作品，內容充實且多元化，資料豐富，貼近生活。千萬別小看這些孩子的作品，我們從中也學到不少豐富的知識，如比薩斜塔的建築，獵豹的特性，至如何舒緩壓力，讀着他們簡潔扼要的說明時，也長了不少知識呢！深信這套系列的出版，可讓學生們提升對寫作的興趣與能力，也讓父母甚至師長，從茫無頭緒不知如何啟發孩子寫作的困境下，得着很多點子與亮光。作為一個愛好閱讀與寫作者，誠意推薦，並期待會見到更多愛上寫作的下一代啊！

羅乃萱

香港著名作家

意大利科學家伽利略稱文字為「人類精神史上最偉大的創造物」，而文字寫作既能夠把自己內心世界的思緒與人分享，也能超越地域及時代去將知識及人類的智慧傳達給他人。所以，我們自幼便需要學習以適當的描述來表達自己的想法、見解、感受及知識。

喜見我們的教育界前輩謝振強校長出版了《校長爺爺教寫作系列》，這除了幫助同學們之外，更為所有寫作人士提供了一個非常實用的教材。在系列中一套四冊，每冊有三十篇文章，都是我們聖公會小學同學的習作。謝校長透過這些作文，首先讓我們了解每一篇文章的組織及寫作手法。在欣賞佳作之後，他又會分析每一位小作者的思路，之後加上他自己的點評，並着讀者留意文章中一些好詞好句；而最難得的就是他在每篇文章後，均找到與主題有關的名人精句深入淺出地加以介紹。故此，這一系列的讀物，都讓我們的寫作技巧加以提升。

事實上，透過這系列，謝校長更讓我們明白寫作的好處，例如，可提高記憶力和理解力、讓我們了解自己學習及消化到多少知識，而讓我們的思想得以發展。

謝校長除了是一位教育家，也是一位出色的領導者。我相信這和他在寫作方面的成就有關。按照美國飛機製造廠洛歇馬丁 (Lockheed Martin) 前總裁奧古斯丁 (Norman R.Augustine) 的分析，能從八萬名工程師和科學家中晉升為管理階層的，他們最突出的共同點，便是擁有以文字明確表達想法的寫作能力。

希望讀者們都能夠透過這一寫作系列，增強我們的寫作能力，以致我們日後都能更好地貢獻社會，造福人羣。

陳謳明
香港聖公會教省主教長

序三

自從擔任聖公宗（香港）小學監理委員會執行委員起，就開始與謝振強校長（謝總）有着極緊密的聯繫。一向深知他的語文造詣高超，往往能夠出口成文，並多次在不同的重要典禮上，擔任主禮嘉賓妙語如珠，令在場與會者和嘉賓們會心微笑，甚至捧腹大笑。

是次謝總再次以校長爺爺的身份，出版教導寫作的著作，相信定必會造福每一位讀者。這套著作既有語文知識的傳遞，也在「升級貼士」及「校長爺爺點評」中，給予價值觀的導引，是全人教育的優質教材示範。

謝總個人的豐富教學及管理經驗，讓他對不同範疇的主題，均有獨當一面的見解，同時也能補充小作家們在該主題上未涉及到的範圍和想法。快速讀完這套著作後，筆者相信這四冊短短的篇章，已經是一套相當全面的通識教學材料。

除了是受人敬重的校長外，謝總又是一位充滿愛心的爺爺，對於與孫兒相同年齡層的學生有深厚的了解和認知，故此，能夠設身處地從孫兒和學生的角度，去看世界、觀人生。這相信也能夠為不同年代的讀者，包括學生、教師和家長，帶來不同的學習和反思。

對希望改善寫作技巧的同學們，謝總這套新作是重量級的參考工具，在此大力推介。

如前所述，謝總是位幽默風趣的退休校長，不知甚麼時候，能夠拜讀他編撰的「校長冷笑話」系列呢？筆者熱切期待！

陳國強

聖公宗（香港）小學監理委員會主席
聖約翰座堂主任牧師

榮幸能為校長爺爺的新書《校長爺爺教寫作系列》寫序，更賞心的是，這是一本散發着墨香的文集，滿載了許多孩子的童真、童善、童美，樸實可愛；這也是一本學習寫作的實用書，記錄了校長爺爺和編輯的分析、點評、建議，極其寶貴。

　　翻閱這套文集，我被書中內容深深吸引，一種教育工作者欣慰的喜悅湧上心頭，更彷彿回到天真爛漫的童年。孩子的童年是多采多姿的，就像書中「筆的家族」及「陸路交通特工隊」；孩子的童年是創意無限的，就像書中「智能書包」及「我設計的玩具」；孩子的童年是喜愛探索大自然的，就像書中「有趣的中華白海豚」及「大自然的警示」。從「活得健康」及「運動的好處」中，我看到了孩子對健康生活的追求；從「做個誠實人」及「薪金和興趣」中，我看到了孩子對生命價值的尋索；從「開卷有益」、「求學不是求分數」及「學校應否取消所有考試」中，我看到了孩子對學問的渴求及對事理的觀察分析。也許他們的用詞還很稚嫩，文筆還欠暢順，認識還未夠深刻，但他們已經學會了用自己獨特的視角觀察世界，用自己的真情實感去表達對生命和生活的認識及思考。

　　這套文集還有一個鮮明的特點，就是載錄了校長爺爺給每篇作品的分享，將他從事教育工作超過半個世紀所累積的經驗及圓融智慧，向讀者們傾囊相授。當中有解構文章組織、寫作手法及思路的分析點評，有提升文章內涵的「升級貼士」，更有鼓勵讀者動筆寫作的「小練筆」，讓讀者在享受閱讀樂趣之餘，還可從中掌握到寫作的竅門，感受到寫作也可以是件輕鬆的樂事。

　　相信這套文集是一塊引玉的磚，是一塊他山之石，能吸引更多孩子拿起筆桿，創作出優秀的文章，翱翔豐富多彩的寫作天地。

鄧志鵬

聖公會青衣主恩小學校長

聖公會小學校長會主席

序五

早於八、九十年代入行初期，已從當時聖公會聖雅各小學時任校長張浩然總校長口中聽過謝振強校長的名字；惟直至二十年前加入聖公會校長行列才真正認識謝校長。還記得他曾任聖公會小學校長會主席，榮休後擔任辦學團體總幹事，從此我們便尊稱他為「謝總」！

謝總不但縱橫教育界逾半個世紀，多年來擔當着聖公會小學校長團隊領航員的角色，一直不遺餘力地扶持及指導後輩同工。認識他的朋友一定敬佩他時刻都中氣十足、聲如洪鐘、目光如炬、威而不惡……還有他記憶力驚人，且有過目不忘的本領，任何文字錯漏都難逃他的法眼！而他也不吝嗇時間精神，不厭其煩地提點我們，作為後輩校長實在感恩有此好前輩、好師傅！

當上爺爺後的謝總在威嚴的臉龐上經常加添了慈祥的笑容！「家有一老，如有一寶」，謝總不單是他家庭內的寶貝爺爺，也是聖公會小學這個大家族裏的瑰寶！難得校長爺爺願意繼續在教育路上發光發熱，我深信憑着謝總爐火純青的功力，《校長爺爺教寫作系列》一定能夠成為小朋友寫作路上的明燈！

張勇邦
聖公會聖雅各小學校長
香港資助小學校長會名譽主席

第一次聽到「謝總」這稱呼，我即肅然起敬，因為這稱謂令我聯想起企業總裁甚至國家領袖。謝總曾貴為敝宗小學監理委員會的總幹事達十六年之久，支援聖公會五十所小學，指導新晉校長適應新的崗位，位份舉足輕重。

謝總是一位校長，也是一塊大磁石。他一雙凌厲的眼神、一臉嚴肅的面容，令權威二字躍然於額上，但這卻沒嚇怕他的學生和同事，因為只要他稍一轉臉，脣角向上一翹，便展現了慈祥可親的笑容，學生總喜歡簇擁着他，像被磁力吸引一樣。

謝總是一本活字典，也是一本歷史書。任何場合邀請他分享兩句，只見他深深吸一口氣，便找到一個有趣的切入點，將事情的來龍去脈娓娓道出，時而提問，時而反問，十五分鐘內他不用換氣，不能不拜服謝總的博學多才，過目不忘的記憶力。

今喜見《校長爺爺教寫作系列》面世，讓一眾莘莘學子可以從謝總的博學中學習，打穩根基，寫好文章。於我，唯一美中不足的是，這叢書晚了三十多年才出版，害筆者中小學每次作文時，也寫得天花亂墜，東拉西扯，硬湊字數交卷。

祝願謝總退而不休，以不同形式繼續造福學界。

後記：我建議謝總下次可出版《爺爺教寫序》！

何錦添
聖公會聖多馬堂主任牧師

序七

　　感謝上主的安排，讓我有幸成為聖公會置富始南小學校長，能與校長爺爺——謝振強校長合作，跟他學習，獲益良多。

　　記得我還未上任，喜獲謝總送贈《校長爺爺：「拼」出教育路》一書。粗略一覽，讀出謝總的過去，一步一個腳印，以生命拼出教育路。教育工作任重道遠，亦是一個終身承諾，從謝總對教育委身，獲得啟導，生命與教育合一無間。

　　早前得悉謝總的《校長爺爺教寫作系列》將會出版，整理聖公會屬校小作家的佳作，讓小讀者們可以共賞：賞析文章的組織及結構，有助寫出提綱；賞析文章的寫作手法，掌握更靈活的修辭方法和更豐富的表達；賞析文章的寫作思路，幫助形成構思方向。

　　謝總熱心教導，期望小讀者學有所成，精心點評加以點撥，從某一點怎樣修改；或指出文章的閃亮點，從而增強小作者的自信和動力；學生把這些教導及好句記在腦裏，作為以後寫作的指導，又能達到知識的遷移，希望在下一次寫作中獲得成功。

　　心作良田耕不盡，善為至寶用無窮。此書不單讓小讀者得益，作者收益將撥歸聖公會聖多馬堂，作教會慈善用途。謝總，謝謝你為教育工作的努力和付出。

黃智華

聖公會置富始南小學校長

1 筆的家族

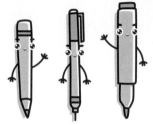

組織及寫作手法

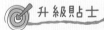 佳作共賞

開首（第1段）：運用自述的形式，讓要介紹的事物——筆開口說話，為大家說明筆的種類。

正文（第2段）：介紹自動鉛筆的特點。

① 擬人：運用擬人法，把自動鉛筆當作人來寫，讓它來介紹自己的特點，包括外形、部件、使用方法和功能，讀起來生動有趣。

正文（第3段）：介紹粉筆、鉛筆的特點。

升級貼士

這裏如能寫出鉛筆的特徵更佳，如：外層是木質筆桿、中間有粗壯的筆芯，因需要經常刨尖書寫而逐漸縮短。

大家好！我是自動鉛筆，我的家族可大了，有毛筆、圓珠筆、鉛筆、顏色筆，還有白板筆和粉筆等等，讓我逐一為你們介紹吧！

首先，當然要介紹我自己。我不是鉛筆，而是自動鉛筆。① 我身材高挑，體形苗條，我最喜歡的服飾是頭頂的自動帽子，它就像我的好朋友一樣，與我形影不離。我最愛吃的食物是鉛筆芯，每當我看到鉛筆芯時，就會開懷大嚼，恨不得一口氣吞下去。我的長處是只要按一下，就會吐出筆芯寫字，非常方便！我能寫出秀麗整齊的文字，還常常得到老師的稱讚呢！

粉筆是我的爸爸，他就像我的老師，每天都在黑板上循循善誘，教導我和其他兄弟姐妹如何把字寫好。鉛筆是我的媽媽，她性格溫柔，既是寫字能手，又是一個繪畫高手，我最愛跟着她學習了！

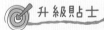

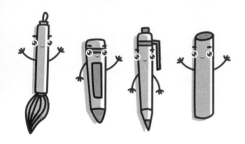

　　圓珠筆是我的哥哥，他是一名運動健將，最擅長踢足球。② 但他不喜歡和橡皮玩耍，因為橡皮常常責怪他太固執，即使犯了錯，也不肯承認錯誤。

　　我的爺爺是毛筆，他在我們家族中年紀最大了，他長着長長的白鬍子，身材瘦削。每逢農曆新年，他就會發揮所長，寫出剛勁有力的祝福語。白板筆是我的奶奶，她為人樸素，總愛戴着帽子。她很善忘，每次她與好友粉筆刷交談後，轉過頭，就會忘得一乾二淨。

　　顏色筆是我的表兄弟姐妹，他們分別叫：紅、橙、黃、綠、青、藍、紫。③ 他們一個個都是魔術師，能令平平無奇的白紙頓時變得精彩絕倫，我最愛看他們表演了！

　　你們看，我的家族夠大吧！我們每天都努力不懈地為人類服務，④ 還被評為「最受歡迎的文具」呢！作為其中的一份子，我覺得實在是當之無愧呀！

正文（第4段）：介紹圓珠筆的特點。

② 擬人：形容圓珠筆「固執」、「不認錯」，表現它擦不掉的特點，十分貼切。

正文（第5段）：介紹毛筆和白板筆的特點。

正文（第6段）：介紹顏色筆的特點。

③ 暗喻：把顏色筆比喻為魔術師，十分貼切，兩者都能帶來視覺的驚喜。

總結（第7段）：抒發身為筆的家族一份子的感受。

④ 選材得當：筆的種類繁多，文中不能全部盡錄。同學很聰明地指出前文介紹的是「最受歡迎的文具」，令選材有了根據。

思路導航

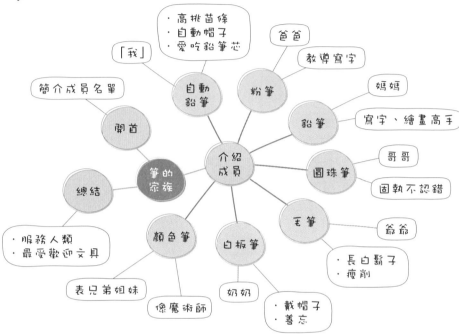

- 高挑苗條
- 自動帽子
- 愛吃鉛筆芯

「我」

簡介成員名單

自動鉛筆

開首

筆的家族

總結

- 服務人類
- 最受歡迎文具

顏色筆

表兄弟姐妹

像魔術師

白板筆

奶奶

- 戴帽子
- 善忘

介紹成員

爸爸

教導寫字

粉筆

媽媽

寫字、繪畫高手

鉛筆

哥哥

圓珠筆

固執不認錯

毛筆

爺爺

- 長白鬍子
- 瘦削

校長爺爺點評

　　「筆」的家族成員眾多，作者能把不同種類的筆按它們的特點，配上成員的身份，如：爸爸、媽媽、爺爺……閱讀起來很吸引。

好詞補給站

高挑	苗條	固執	瘦削	樸素
善忘	恨不得	轉過頭	形影不離	開懷大嚼
秀麗整齊	循循善誘	運動健將	發揮所長	剛勁有力
一乾二淨	平平無奇	精彩絕倫	努力不懈	當之無愧

好句補給站

關於文具家族的句子

* 我身材高挑，體形苗條，我最喜歡的服飾是頭頂的自動帽子。

* 我最愛吃的食物是鉛筆芯，每當我看到鉛筆芯時，就會開懷大嚼，恨不得一口氣吞下去。

* 她很善忘，每次她與好友粉筆刷交談後，轉過頭，就會忘得一乾二淨。

小練筆

以下是兩段介紹塗改液的文字，試運用擬人法改寫句子。

(1) 塗改液頂部有一個白色蓋子，藍色瓶身裏裝滿雪白的塗改液。

_____

_____

(2) 當寫錯字時，先打開蓋子，再搖一搖瓶身，然後對着錯誤的地方擠出塗改液，遮蓋錯誤的地方，最後待塗改液乾了後便可以重新再寫。

_____

_____

寫作提示

擬人法是把事物當作人來寫，使事物有人的感受、思想和行為，令描寫更生動有趣。

2 智能書包

組織及寫作手法

佳作共賞

開首（第 1 段）：指出學生書包沉重的問題，引入設計智能書包的主題。

① 設問：利用一問一答的方式帶出主題。

正文（第 2 段）：介紹智能書包的外形。

② 描述說明：能具體描述智能書包的物料、尺寸、圖案。

正文（第 3 段）：介紹智能書包的收納儲存功能。

 升級貼士

第 3 和 4 段都是介紹智能書包的功能。「智能書包功能先進，是劃時代的設計」一句充當過渡句，故「首先」宜移到句子後面，令文章更暢順。

　　香港學童深受書包沉重的苦惱。我是個小學生，每天都要背着沉甸甸的書包步行到學校，這真是令我累死了！① 怎樣才能減輕書包的重量呢？設計一個智能書包就能解決以上的問題。

　　② 智能書包是由尼龍製造，又輕又堅韌耐用，外形是高三十厘米闊二十厘米的長方形。書包上有不少圖案，例如：蝴蝶、蜜蜂、星星等，樣子十分可愛。

　首先，智能書包功能先進，是劃時代的設計。書包的收納儲存空間非常靈活，只需要按下開始鍵，它就會把書包內的空間增加至兩倍大小，再按下還原鍵就會回復原本大小。這個功能讓書包有足夠的空間容納上學需要用的物品。

然後，智能書包能改善書包沉重的問題。智能書包最特別的功能是：磁浮功能。書包底部安裝了兩個磁浮系統，每當系統偵測到書包超出主人體重的十分之一時，就會自動和辨識系統一起運作。磁浮裝置令書包慢慢浮在空中，而辨識系統就配合作出指示，跟隨着主人的位置前進，令我們不需要背上它，也可以輕輕鬆鬆上學去。

總結而言，智能書包是學生的好幫手。希望我所設計的智能書包能早日問世，為莘莘學子解決書包沉重的問題。

正文（第4段）：介紹智能書包的磁浮功能。

**升級貼士**

第2、3段提及的特點，都有助改善書包沉重的問題，這裏不必強調，可以刪去「智能書包能改善書包沉重的問題」一句。

總結（第5段）：帶出設計智能書包的期望。

思路導航

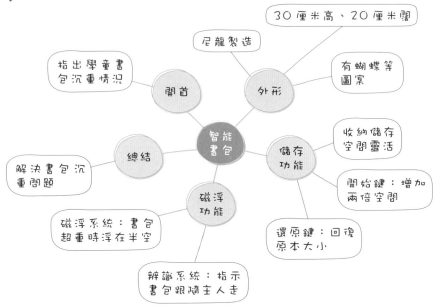

- 開首 — 指出學童書包沉重情況
- 外形
  - 尼龍製造
  - 30厘米高、20厘米闊
  - 有蝴蝶等圖案
- 智能書包（中心）
- 儲存功能
  - 收納儲存空間靈活
  - 開始鍵：增加兩倍空間
  - 還原鍵：回復原本大小
- 磁浮功能
  - 磁浮系統：書包超重時浮在半空
  - 辨識系統：指示書包跟隨主人走
- 總結 — 解決書包沉重問題

校長爺爺點評

作者能發揮想像力，構想出智能書包的優點：輕便、耐用、容量可增加兩倍，且有磁浮功能、辨識系統……不過如果想文章更吸引，可天馬行空，加多一點點功能，令內容更充實有趣，如圖案會活動、有保安系統等。

好詞補給站

深受	解決	靈活	回復
容納	偵測	劃時代	堅韌耐用
功能先進	儲存空間	早日問世	莘莘學子

好句補給站

關於智能書包的句子

- 智能書包是由尼龍製造，又輕又堅韌耐用。

- 只需要按下開始鍵，它就會把書包內的空間增加至兩倍大小，再按下還原鍵就會回復原本大小。

- 磁浮裝置令書包慢慢浮在空中，而辨識系統就配合作出指示，跟隨着主人的位置前進。

小練筆

假如讓你設計一個智能書包，你想加入甚麼功能？試根據括號內的提示，完成練習。

這款智能書包設有＿＿＿＿＿＿＿＿＿功能。

（有甚麼配件？）＿＿＿＿＿＿＿＿＿＿＿＿＿＿＿＿＿＿＿＿＿＿，

＿＿＿＿＿＿＿＿＿＿＿＿＿＿＿＿＿＿＿＿＿＿，

（怎樣操作？）＿＿＿＿＿＿＿＿＿＿＿＿＿＿＿＿＿＿＿＿＿＿

＿＿＿＿＿＿＿＿＿＿＿＿＿＿＿＿＿＿＿＿＿＿。

（有甚麼用途？）＿＿＿＿＿＿＿＿＿＿＿＿＿＿＿＿＿＿＿＿

＿＿＿＿＿＿＿＿＿＿＿＿＿＿＿＿＿＿＿＿＿＿。

寫作提示

介紹事物的功能時，可說明它的配件（包括物料、尺寸和形狀等）、操作方法、用途或好處等，令內容更充實。

3 我設計的玩具

組織及寫作手法

開首（第1段）：指出「我」設計的玩具是一款遙控船，名字叫航航。

正文（第2段）：介紹遙控船的外殼和內部設計。

① 描述說明：具體描述遙控船的外殼和內部設計，描寫尚算細緻，用詞豐富。

正文（第3段）：介紹遙控船的翻譯功能。

正文（第4段）：介紹遙控船的照明功能。

② 科學知識：能運用科學知識來說明遙控船的特點，十分好。

佳作共賞

假如我是玩具設計師，我會設計一款遙控船，它有一個名字——航航。航航具備多種功能，十分方便。

① 航航的外形與一般的太空船無異，整艘船的外殼是以光彩奪目的金色金屬製成。航航的內部也是美輪美奐的，有一個座位和幾個窗戶，你可以清楚看見裏面的物品。

航航具備許多功能。首先，它具備翻譯功能，只要你說：「航航，這個詞語是甚麼意思？」航航就會詳細地說明詞語的由來和解釋。如果你對詞語的由來沒興趣，可以設定成「只說解釋」，令你可以更迅速認識詞語。

其次，航航具備照明功能。② 船內有一個小型太陽能電板把吸收的陽光轉化成電能。只要你拍兩下手，航航就會開啟「船頭燈」，用電力照亮四周的環境，如果你想關燈，就拍一下手。

事物說明 物件篇

最後，航航具備潛水功能。只要你按紅色按鈕，航航就會像潛水艇一樣沉進水中。只要你按黃色按鈕，它就可以升回水面。航航還可以在水底照明呢！

怎麼樣，功能齊全吧？我發明的高科技遙控船既環保又有趣，你喜歡嗎？

正文（第5段）：介紹遙控船的潛水功能。

升級貼士

可為「航航」加入拍攝功能，捕捉海底神祕繽紛的世界，提升創意。

總結（第6段）：表達對遙控船的讚美。

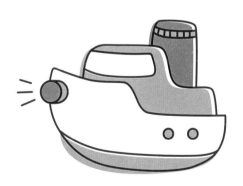

思路導航

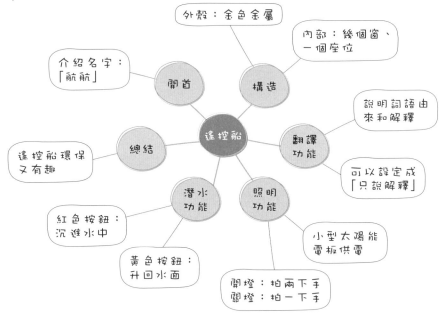

外殼：金色金屬

內部：幾個窗、一個座位

介紹名字：「航航」

開首

構造

遙控船

翻譯功能

說明詞語由來和解釋

可以設定成「只說解釋」

總結

遙控船環保又有趣

潛水功能

照明功能

紅色按鈕：沉進水中

黃色按鈕：升回水面

開燈：拍兩下手
關燈：拍一下手

小型太陽能電板供電

校長爺爺點評

　　作者能發揮想像力，令遙控船有解釋（作者誤用翻譯）詞語功能，還有太陽能電板、聲控、潛水等裝置。

　　作者可再多想一想，不妨加入錄影、偵查、播放影片等功能，其中翻譯功能更可翻譯成世界各國文字和讀音，方便溝通。

好詞補給站

具備	無異	外殼	迅速	轉化
沉進	齊全	詳細地	光彩奪目	美輪美奐

好句補給站

關於遙控船的句子

- 整艘船的外殼是以光彩奪目的金色金屬製成。
- 航航的內部也是美輪美奐的，有一個座位和幾個窗戶，你可以清楚看見裏面的物品。
- 船內有一個小型太陽能電板把吸收的陽光轉化成電能。

小練筆

假如要為「航航」增加一項新功能，你會加上甚麼？試寫出一項功能，並說明它在船的甚麼位置？外形如何？怎樣操作？能做些甚麼等等。

航航具備＿＿＿＿＿＿＿＿＿＿＿功能。＿＿＿＿＿＿＿＿＿＿

＿＿＿＿＿＿＿＿＿＿＿＿＿＿＿＿＿＿＿＿＿＿＿＿＿

＿＿＿＿＿＿＿＿＿＿＿＿＿＿＿＿＿＿＿＿＿＿＿＿＿

＿＿＿＿＿＿＿＿＿＿＿＿＿＿＿＿＿＿＿＿＿＿＿＿＿

＿＿＿＿＿＿＿＿＿＿＿＿＿＿＿＿＿＿＿＿＿＿＿＿＿

＿＿＿＿＿＿＿＿＿＿＿＿＿＿＿＿＿＿＿＿＿＿＿＿＿

＿＿＿＿＿＿＿＿＿＿＿＿＿＿＿＿＿＿＿＿＿＿＿＿＿

＿＿＿＿＿＿＿＿＿＿＿＿＿＿＿＿＿＿＿＿＿＿＿＿＿

4 我的玩具

組織及寫作手法

佳作共賞

開首（第 1 段）：指出「我」最喜歡的玩具是骨牌，並說明它的玩法。

正文（第 2 段）：說明骨牌遊戲可以訓練耐性。

① 舉例說明：舉自己花了一個小時拼骨牌為例子，說明骨牌遊戲能訓練耐性，例子生活化。

正文（第 3 段）：說明骨牌遊戲可以發揮創意。

② 舉例說明：指出玩骨牌要構思圖案和確保骨牌能夠順利推倒，有助發揮創意和思考，例子具體貼切。

你喜歡玩甚麼玩具？我最喜歡的玩具是骨牌。它的玩法是先把全部骨牌豎起來，然後推倒第一塊骨牌，如果其餘骨牌沒有順利倒下，就不成功了。

我喜歡玩骨牌是因為它有很多好處：一是可以訓練耐性。① 例如有一次，我花了一個小時來把骨牌拼成花貓的樣子。玩骨牌令我明白做事不能急功近利，必須有耐性。

二是它讓我發揮創意。同樣的骨牌，

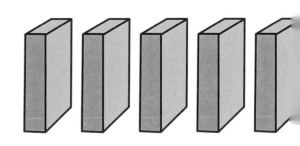

② 我可以拼出五花八門的圖案。我不但需要構思出美觀的圖案，在拼骨牌時，還要確保推倒第一塊骨牌後，其餘的每一塊骨牌都能相繼倒下。過程中，我可以發揮創意和多方面思考。

三是在玩骨牌的時候，我感到快樂和滿足，只要我們不斷嘗試，就可以成功讓所有骨牌倒下。因為骨牌順利倒下的樣子很壯觀，所以它是令人愉悅的玩具。

骨牌有這麼多好處，我怎能不喜歡它？如果你喜歡它，就試玩一下吧！

正文（第4段）：說明骨牌遊戲可以令人感到快樂和滿足。

升級貼士

第4段結構不及前兩段嚴謹，可先提出主題句，如：「三是玩骨牌讓我感到快樂和滿足。……」然後舉例說明，最後作小結。

正文（第5段）：歸納說明重點，指出骨牌有很多好處，並邀請人們玩骨牌。

思路導航

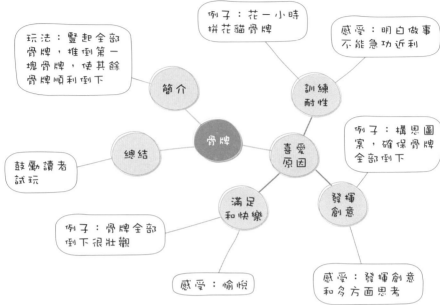

玩法：豎起全部骨牌，推倒第一塊骨牌，使其餘骨牌順利倒下

例子：花一小時拼花貓骨牌

感受：明白做事不能急功近利

簡介

訓練耐性

骨牌

鼓勵讀者試玩

總結

喜愛原因

例子：構思圖案，確保骨牌全部到下

滿足和快樂

發揮創意

例子：骨牌全部倒下很壯觀

感受：愉悅

感受：發揮創意和多方面思考

校長爺爺點評

　　作者能舉例說明砌骨牌可訓練耐性、發揮創意、令人滿足和快樂，說明很全面，也夠吸引。

　　倘加多點介紹甚麼是骨牌會更好，因為我們不能假設人人都懂這玩意的樣子和玩法的。

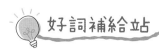 好詞補給站

推倒	其餘	構思	確保	滿足
壯觀	愉悅	豎起來	美觀的	訓練耐性
急功近利	發揮創意	五花八門	相繼倒下	不斷嘗試

 好句補給站

關於骨牌遊戲的句子

- 它的玩法是先把全部骨牌豎起來，然後推倒第一塊骨牌，如果其餘骨牌沒有順利倒下，就不成功了。

- 我不但需要構思出美觀的圖案，在拼骨牌時，還要確保推倒第一塊骨牌後，其餘的每一塊骨牌都能相繼倒下。

 小練筆

你有玩過「層層疊」嗎？試運用適當的關聯詞，寫一段文字介紹它的玩法。

首先，＿＿＿＿＿＿＿＿＿＿＿＿＿

＿＿＿＿＿＿＿＿＿＿＿＿＿＿＿＿

＿＿＿＿＿＿＿＿＿＿＿＿＿＿＿＿

＿＿＿＿＿＿＿＿＿＿＿＿＿＿＿＿

＿＿＿＿＿＿＿＿＿＿＿＿＿＿＿＿

＿＿＿＿＿＿＿＿＿＿＿＿＿＿＿＿

＿＿＿＿＿＿＿＿＿＿＿＿＿＿＿＿

＿＿＿＿＿＿＿＿＿＿＿＿＿＿＿＿

寫作提示

在說明步驟時，我們可以善用關聯詞組織句子，常用的有：首先、然後、接着、其次、再次、接下來、之後、再之後、最後。

5　我最喜歡的動物

組織及寫作手法

開首（第1段）：開篇點題，指出最喜愛的動物是獵豹。

① 暗喻：以「短跑冠軍」比喻獵豹，反映牠跑步速度快。

正文（第2段）：說明獵豹的外形特點。

② 描述說明：仔細描述獵豹的斑紋、眼睛、尾巴和體形，令獵豹的形象生動地呈現在讀者眼前。

正文（第3段）：說明獵豹的棲息範圍。

正文（第4段）：說明獵豹是肉食性動物和主要食物是羚羊。

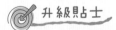 升級貼士

第4段說明獵豹的主要食物時，可補充獵豹是奔跑最快的哺乳動物，常以高速追擊的方式捕獵，令內容更豐富。

 佳作共賞

　　你最喜歡的動物是甚麼？我最喜歡的動物是陸地上的 ①「短跑冠軍」——獵豹。

　　獵豹又稱印度豹，② 牠身上有圓形的黑色斑紋，眼睛內側有很長的淚腺，尾巴尖端黑色。還有，獵豹整個身體呈流線型，牠的眼睛兇猛而銳利，十分神氣。最特別的是，雖然獵豹是貓科動物，但是牠的爪子竟然不能伸縮！

　　獵豹分佈在亞洲，而牠的棲息環境主要是在山區、草原和沙漠。歷史上，牠還曾出現於西亞、中亞與南亞各國。

　　獵豹是肉食性動物，以各種羚羊為主要食物，例如：瞪羚、黑斑羚……有時也捕食幼牛羚、疣豬和野兔等。

獵豹跟鯨一樣，都是哺乳類動物。每年六至七月是獵豹的繁殖期。懷孕的母豹是非常辛苦的，③牠們的懷孕期約九十至九十五天。幼豹在出生兩年後，便可以獨立生活。可是獵豹繁殖的能力非常低，③每年只有約十對獵豹進行交配。現今全球獵豹數量估計只有約七千隻，所以被《世界自然保護聯盟紅色名錄》由「易危」升級至「瀕危」動物。

獵豹那麼珍貴，我們應該減少對草原的損害。當我們減少對草原的損害時，既能保護一些草原上的小動物，又能為獵豹提供糧食，真是一舉兩得。

正文（第5段）：說明獵豹繁殖期和面臨絕種危機。

③數據說明：清楚指出獵豹的繁殖期、懷孕期，能反映母豹的辛苦；指出交配的獵豹數量和全球總數量，能反映獵豹面臨絕種危機。

總結（第6段）：呼籲人們愛護草原，以保護野生動物和獵豹。

事物說明　動物篇

5 我最喜歡的動物

思路導航

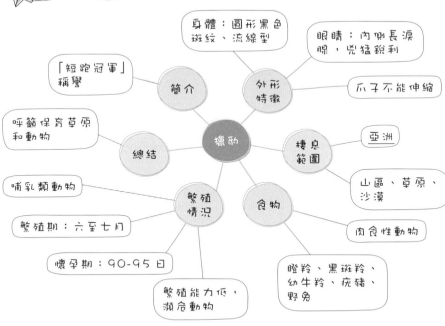

- 簡介
  - 「短跑冠軍」稱譽
- 外形特徵
  - 身體：圓形黑色斑紋、流線型
  - 眼睛：內側長淚腺，兇猛鋭利
  - 爪子不能伸縮
- 獵豹
- 棲息範圍
  - 亞洲
  - 山區、草原、沙漠
- 食物
  - 肉食性動物
  - 瞪羚、黑斑羚、幼牛羚、疣豬、野兔
- 繁殖情況
  - 哺乳類動物
  - 繁殖期：六至七月
  - 懷孕期：90-95日
  - 繁殖能力低，瀕危動物
- 總結
  - 呼籲保育草原和動物

校長爺爺點評

這是一篇很好的文章。作者事前蒐集的資料豐富、行文流暢，讀者看畢全文，如上了一節生物課。

作者對獵豹的認識很深，能仔細描述他們的外貌特點，並加入自己的感受，如「十分神氣」、「最特別的是……」，使人相信這是他最喜愛的動物，很有說服力。

好詞補給站

斑紋	尖端	銳利	神氣	分佈
棲息	估計	瀕危	糧食	流線型
繁殖期	獨立生活	一舉兩得	肉食性動物	哺乳類動物

 好句補給站

關於獵豹的句子

- 牠身上有圓形的黑色斑紋，眼睛內側有很長的淚腺，尾巴尖端黑色。
- 牠的眼睛兇猛而銳利，十分神氣。

 小練筆

試參考以下示例，選出一種動物，並用簡短的文字寫出牠的特徵，讓別人猜一猜是甚麼動物。

示例

<table>
<tr><td>

牠沒有手也沒有腳，身子又長又光滑，靠腹部在地上快速地移動。

動物：蛇
</td><td>

動物：
</td></tr>
</table>

寫作提示

運用猜謎語的方法引入文章，既能激發讀者的閱讀興趣，又能增加文章的趣味性。

6 奇妙的貓

開首（第1段）：指出貓的身體祕密讓牠們能在野外生存，引入下文。

正文（第2段）：說明貓有靈敏的鼻子。

① 數據說明：準確指出貓的嗅覺細胞數量，說明貓的鼻子靈敏，具說服力。

 升級貼士

刪去第2段關聯詞「首先」，如要保留，第3、4段都要加上關聯詞。

正文（第3段）：說明貓的骨頭和肌肉結構，反映牠有敏捷的身手。

② 比較說明：比較貓和人類的骨頭數量，突顯貓的身體柔軟而敏捷。

 佳作共賞

　　貓是很多人喜歡的寵物，大部分的貓已被馴養，少部分貓在野外得以生存。野貓是怎樣生存的？其實，貓的身體祕密能讓牠們在野外得以生存。

　　首先，貓要在野外找食物，而牠們靈敏的鼻子就是找吃的工具。① 貓有二點四億個嗅覺細胞，人類卻只有七百萬個。貓的超靈敏鼻子可以讓牠們很容易找到食物，還可以知道敵人在哪個位置。

　　貓的身手十分敏捷。② 牠們有二百三十塊骨頭，而人類卻只有二百零六塊骨頭。相較之下，貓的身體更柔軟、更敏捷，可以迅速地把獵物捉住。另外，貓的腿部肌肉十分發達。貓全力衝刺的速度可達每小時四十八公里，遠快過人類，可以輕鬆地捕捉到逃跑的獵物，還能很快與天敵拋開距離。

小作家檔案

姓名：陳哲　　年級：六年級

學校：聖公會柴灣聖米迦勒小學

　　鬍鬚是貓不可或缺的感覺器官。貓的鬍鬚總共有二十四根，比一般毛髮粗，根部深入皮膚，裏面充滿神經末梢。它們可以幫助貓了解周圍的環境、感受食物及水的冷熱、維持平衡等，③就像一個多功能的雷達。沒了鬍鬚會對貓造成很大影響。

　　貓在一萬年前已經出現，牠們憑着特殊的身體結構在野外生存下來，不斷繁殖後代，才成為現在人見人愛的寵物。

🎯 升級貼士

第3段比較貓與人類的速度，惟人類部分說明不足，而此處的重點在於說明貓的速度，故不用作比較也可，讓文意更清通。

正文（第4段）：說明貓鬚的特點和功能。

③明喻：雷達用於偵測目標方向、距離等，用來比喻貓鬚功能十分貼切。

總結（第5段）：重申貓憑着特殊的身體結構在野外生存和繁殖後代。

事物說明　動物篇

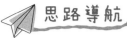
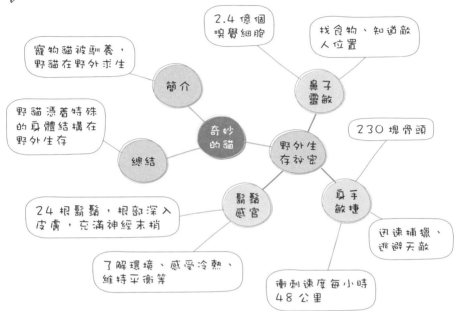

2.4 億個
嗅覺細胞

找食物、知道敵
人位置

寵物貓被馴養，
野貓在野外求生

簡介

鼻子
靈敏

野貓憑着特殊
的身體結構在
野外生存

奇妙
的貓

野外生
存祕密

230 塊骨頭

總結

24 根鬍鬚，根部深入
皮膚，充滿神經末梢

鬍鬚
感官

身手
敏捷

迅速捕獵、
逃避天敵

了解環境、感受冷熱、
維持平衡等

衝刺速度每小時
48 公里

校長爺爺點評

　　作者蒐集的資料豐富，對貓認識很深，不過看畢全文，使我們對寵物貓和野貓的個性及形態，變得有點混淆不清。作者倘能進一步解說清楚文中說的是寵物貓還是野貓，說明會更清晰，效果會更佳。

好詞補給站

| 馴養 | 靈敏 | 敏捷 | 相較之下 | 全力衝刺 |
| 拋開距離 | 不可或缺 | 維持平衡 | 繁殖後代 | 人見人愛 |

好句補給站

關於貓的句子

- 貓在一萬年前已經出現了，牠們憑着特殊的身體結構在野外生存下來，不斷繁殖後代，才成為現在人見人愛的寵物。

- 貓的腦袋圓圓，耳朵呈三角形，眼睛圓溜溜，鼻子下有一張人字形的嘴巴，兩旁有纖細的鬍鬚。

小練筆

試根據括號內的提示擴充以下句子，令內容更充實。

野貓喜歡吃甚麼？野貓喜歡捕捉老鼠、青蛙、蛇等動物來吃。

⬇

野貓喜歡吃甚麼？野貓是（野貓是甚麼類型的動物？）(1) _____ ，喜歡捕捉老鼠、青蛙、蛇等動物來吃。

⬇

野貓喜歡吃甚麼？野貓喜歡捕捉老鼠、青蛙、蛇等動物來吃。（野貓怎樣捕捉獵物？牠的姿勢是怎樣的？）(2) _____

_____

_____

寫作提示

擴充前部分，用一個精要的句子概括舉例的內容。

寫作提示

擴充後部分，抓住事物的特徵，細緻、詳盡地說明或描述。

7 有趣的中華白海豚

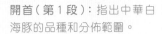 組織及寫作手法　 佳作共賞

開首（第1段）：指出中華白海豚的品種和分佈範圍。

① 設問：以提問方式引入，引起讀者注意。

② 定義說明：指出中華白海豚的種類和身體特徵。

正文（第2段）：說明中華白海豚的身體顏色，會隨着成長而變化。

③ 順序說明：按中華白海豚在不同階段的身體顏色變化作說明，條理清晰。

④ 描述說明：描述中華白海豚在活動時皮膚顏色的變化，能扼要地指出其中的原理和外在特徵，解說得十分清楚易明。

正文（第3段）：說明中華白海豚的覓食方法。

⑤ 暗喻：以「回聲器」比喻中華白海豚，突顯牠能發出高頻率的聲音信號。

⑥ 對比：比較中華白海豚和其他海洋生物的覓食方法不同。

① 你們看過粉白色的海豚嗎？中華白海豚就是其中一種。② 牠是一種背鰭基部隆起的海豚科動物，廣泛分佈於<u>西太平洋</u>和<u>東印度洋</u>的熱帶及溫帶沿海地域。

首先，中華白海豚的身體顏色會隨着成長而變化。牠變異非常大，與其他魚類十分不同。③ 牠出生時，身體呈現灰色，而青少年的時候則呈現淺粉紅色並佈滿了斑點，成年之後，體色會慢慢轉變成粉紅色，身上的斑點也會漸漸消失。④ 當中華白海豚活動的時候，表皮的血管會膨脹以便有效地散熱，鮮紅的血液令皮膚白裏透紅而呈粉紅色，就像我們運動時面部變得紅潤一樣。

其次，中華白海豚覓食的方法特別。⑤ 牠是一個回聲器，能發出高頻率聲音信號。回聲定位可以用作找尋獵物如魚類。⑥ 在接收到反射的聲音信號後，牠會接近目標及使用牙齒獵食，不同於其他海洋生物，牠並不會在水中潛行捕食魚類。

最後，中華白海豚是羣居動物，⑦牠們通常三至四條海豚一起生活。小海豚透過與其他海豚相處，學習成年海豚必須掌握的社交技巧。同時牠們在找魚吃的時候，也會數條海豚一起聚集在漁船後，等待捕捉「漏網之魚」。

🎯總括以上可見，中華白海豚十分有趣，牠們的身體顏色會隨着成長改變，覓食的方法也與其他海洋生物不同。中華白海豚深受香港人喜愛，但近年來，因為填海、水質污染、漁民誤捕和船隻撞擊等問題，使牠們數量銳減，瀕臨絕種，因此我們必須好好保育牠們。我們應該立例禁止漁民捕獵中華白海豚，並且保護牠們的居所，令其能夠安心地在水域中生活，免受滋擾。

正文（第4段）：說明中華白海豚的羣居習性。

⑦ 舉例說明：舉出中華白海豚與同類相處的例子，說明牠們是羣居動物。

事物說明　動物篇

總結（第5段）：總結上文，並指出中華白海豚瀕臨絕種和提出保育建議。

🎯 升級貼士

總結略嫌太長，內容龐雜。可更扼要地總結上文，如：「中華白海豚獨特的身體構造和生活習性真有趣！但近年來……」或只保留中華白海豚瀕臨絕種和保育建議部分，以達至深化主題的目的。

思路導航

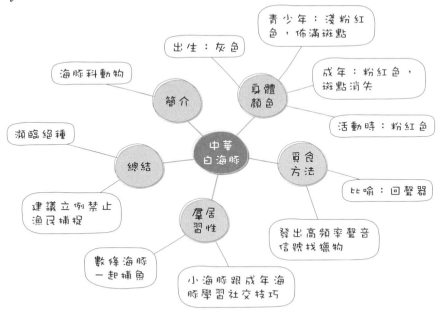

簡介 — 海豚科動物

身體顏色
- 出生：灰色
- 青少年：淺粉紅色，佈滿斑點
- 成年：粉紅色，斑點消失
- 活動時：粉紅色

中華白海豚

覓食方法
- 比喻：回聲器
- 發出高頻率聲音信號找獵物

羣居習性
- 數條海豚一起捕魚
- 小海豚跟成年海豚學習社交技巧

總結
- 瀕臨絕種
- 建議立例禁止漁民捕捉

校長爺爺點評

　　作者以提問方式引起讀者注意，然後說明中華白海豚的身體顏色、覓食方法、羣居習性。在總結時建議立例禁止漁民捕捉，以達到保育的目的。

　　行文有條理，能從多角度說明事物的特點，並加入個人反思，是一篇很好的說明文。

好詞補給站

膨脹	紅潤	覓食	信號	聚集
銳減	有效地	廣泛分佈	白裏透紅	接近目標
羣居動物	社交技巧	水質污染	瀕臨絕種	免受滋擾

好句補給站

關於海豚的句子

* 當中華白海豚活動的時候，表皮的血管會膨脹以便有效地散熱，鮮紅的血液令皮膚白裏透紅而呈粉紅色，就像我們運動時面部變得紅潤一樣。

* 牠們在找魚吃的時候，也會數條海豚一起聚集在漁船後，等待捕捉「漏網之魚」。

小練筆

如果讓你修改這篇文章的結尾，你會寫甚麼？（不多於 100 字）

寫作提示

說明文的結尾方法有：一、總結法，歸納全文重點。二、首尾呼應，結尾與開首互相呼應。三、評論法，提出個人看法。四、展望法，提出個人期望。

8 我最喜愛的街頭小食

組織及寫作手法

開首（第1段）：點題指出最喜愛的街頭小食是煎釀三寶。

升級貼士

第1段連用四個「就」字，建議刪去第三、四個，令文句更清通。

正文（第2段）：說明煎釀三寶的名字由來。

① 舉例說明：舉出煎釀三寶常用的食材，令說明更具體，也能引起讀者的共鳴。

正文（第3段）：說明煎釀三寶的製作過程和今昔轉變。

② 描述說明：依次描述煎釀三寶的製作過程，說明細緻，條理清晰。

③ 比較說明：比較煎釀三寶用料的今昔轉變，說明煎釀三寶現今的味道和昔日不同的原因。

佳作共賞

　　大家喜不喜歡吃街頭小食呢？我就非常喜歡吃。其中有一種小食是我最喜歡的，那就是煎釀三寶。煎釀三寶就是香港傳統街頭小食，深受大眾歡迎，以下我就會為大家介紹它的特別之處。

　　煎釀三寶的名字從何而來？原來五、六十年代時，街上的小販會以「一元三件」的價錢讓顧客挑選煎釀食物，① 如豆腐、茄子、青椒、紅腸、雲吞皮……所以煎釀三寶並沒有固定的「三寶」，會因食客的口味而變。

　　一般來說，② 這種小食先把鯪魚肉攪碎，薄薄地釀在切件的食物上，然後放在鐵板上煎熟或鑊中油炸，熟後便用竹籤串起，顧客可蘸上豉油吃。③ 不過現在為減低成本，煎釀三寶內的鯪魚肉會加入大量麪粉攪碎，味道便和昔日的大不相同。

小作家檔案

姓名：譚子遇　　年級：五年級

學校：聖公會仁立紀念小學

　　煎釀三寶大受歡迎不是沒有原因的。第一，煎炸食物香口惹味，一直是食客的最愛。④加上燈籠椒爽口、豆腐軟滑、魚肉彈牙，配合豉油的甜味，真是令人垂涎三尺呢！

　　第二，香港生活節奏急速，一般市民講求「平、靚、正」，煎釀三寶既便宜，又美味，製作速度快，自然能迎合大眾的需求而廣受歡迎。

　　⑤總括來說，煎釀三寶是家傳戶曉的傳統街頭小食，各區的市民均能隨時隨地品嚐。它美味可口，種類多樣，比雞蛋仔和咖喱魚蛋的單一口味更令我喜歡，所以我選煎釀三寶為我最喜愛的街頭小食。大家有機會也要嚐嚐啊！

正文（第4段）：說明煎釀三寶受歡迎的第一個原因：香口惹味能使食客喜愛。

④味覺描寫：描寫煎釀三寶的口感和味道，用詞準確。

正文（第5段）：說明煎釀三寶受歡迎的第二個原因：迎合香港的急速生活節奏。

總結（第6段）：重申喜愛煎釀三寶的原因。

⑤「總分總」結構：開首指出煎釀三寶是香港傳統小食，正文分述煎釀三寶的名字由來、製作過程、受歡迎的原因，結尾重申煎釀三寶是傳統街頭小食，結構清晰。

事物說明 食物篇

8 我最喜愛的街頭小食　31

思路導航

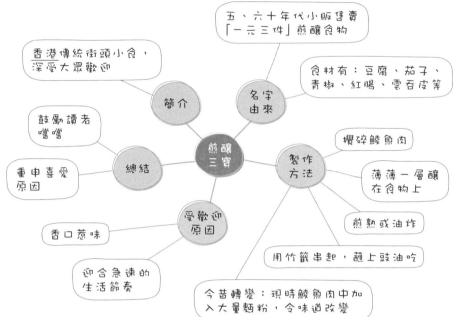

香港傳統街頭小食，深受大眾歡迎

簡介

五、六十年代小販售賣「一元三件」煎釀食物

名字由來

食材有：豆腐、茄子、青椒、紅腸、雲吞皮等

鼓勵讀者嚐嚐

重申喜愛原因

總結

煎釀三寶

製作方法

攪碎鯪魚肉

薄薄一層釀在食物上

煎熟或油炸

用竹籤串起，蘸上豉油吃

受歡迎原因

香口惹味

迎合急速的生活節奏

今昔轉變：現時鯪魚肉中加入大量麵粉，令味道改變

校長爺爺點評

　　文章題目是介紹最喜愛的街頭小食，作者集中介紹煎釀三寶，雖然食物種類不多，但卻能按着名字、由來、製作方法、受歡迎原因等發揮得淋漓盡致，不錯。看後有點食指大動！

好詞補給站

攪碎	油炸	蘸上	爽口	軟滑
彈牙	街頭小食	煎釀食物	香口惹味	垂涎三尺
生活節奏	迎合大眾	廣受歡迎	家傳戶曉	隨時隨地

好句補給站

關於小吃的句子

- 這種小食先把鯪魚肉攪碎，薄薄地釀在切件的食物上，然後放在鐵板上煎熟或鑊中油炸，熟後使用竹籤串起，顧客可蘸上豉油吃。
- 燈籠椒爽口、豆腐軟滑、魚肉彈牙，配合豉油的甜味，真是令人垂涎三尺呢！
- 小食店前放滿形形式式的美食，有魚蛋、燒賣、香腸、豬大腸、煎釀三寶、牛雜等，色澤光亮、香味撲鼻，令人食指大動。

小練筆

你會怎樣形容雞蛋仔的美味？試從口感和味道兩方面，改寫原句的橫線部分。

原句：我很喜歡吃雞蛋仔，因為它＿＿＿＿非常美味＿＿＿＿。

⬇

改寫：我很喜歡吃雞蛋仔，因為它外面＿＿＿＿＿＿＿＿＿＿

＿＿＿＿＿＿＿，裏面＿＿＿＿＿＿＿＿＿＿＿＿，

有一股＿＿＿＿＿＿＿＿＿＿＿＿＿＿＿＿味道。

寫作提示

同學描寫食物時經常運用「很美味」、「很香」等詞語籠統形容。我們要使用準確的詞彙、多角度的描寫，令描寫層次更豐富，事物更生動立體。

事物說明 食物篇

9 特別的榴槤

組織及寫作手法 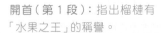 佳作共賞

開首（第1段）：指出榴槤有「水果之王」的稱譽。

① 設問：通過一問一答的方式引入主題。

正文（第2段）：介紹榴槤的產地和榴槤樹的特點。

升級貼士

「聚傘花序」是學名，讀者未必知道它的意思。建議可略作解釋，或改為描述花朵的顏色、氣味、形態等，讓讀者更容易理解，並能具體地說明榴槤樹的特點。

正文（第3段）：說明榴槤的挑選方法、氣味和口感。

② 描述說明：描述開榴槤的方法簡煉精確；描述榴槤的外殼顏色與生熟，條理清晰。

③ 引用說明：引用郁達夫對榴槤氣味的描述，增添趣味。

① 你們知道「水果之王」是甚麼水果嗎？它就是今天要帶大家認識的榴槤。

榴槤是熱帶著名水果，原產馬來西亞。東南亞一些國家種植較多，其中以泰國最多。榴槤在泰國盛名，被譽為「水果之王」。榴槤樹高十五至二十米。只要細心觀察，就會發現它葉片長圓，頂端較尖，聚傘花序，果實大概足球般大，密生三角形刺。

② 榴槤成熟後外殼一般選黃色的比較好，一些榴槤有時還會有小裂縫，用水果刀輕輕一撬，就可將呈淺黃色的榴槤肉拿出來。若外殼呈青色和綠色，就說明那個榴槤還未熟；若呈褐色或棕色，就說明已經過度成熟了。榴槤氣味濃烈、黏稠多汁、酥軟味甜，放進嘴裏就像在吃冰淇淋。它的氣味特別，愛之者讚其香，厭惡者厭其臭。③中國文學家郁達夫在《南洋遊記》中寫到「榴槤，有如臭乳酪與洋葱混合的臭氣，又類似松節油的香味，真是又香又臭又好吃。」

榴槤的營養豐富，對人的身體有益。榴槤含有維生素 B1、B2、B6、C，以及其他維生素 B 及少量維生素 A，還有鎂、鉀、鋅、鈣等。此外，④榴槤的葉子和根有解熱功用，而葉汁更能用來治療發燒的病人。不過，榴槤不能和山竹、牛肉、羊肉、牛奶、可樂和螃蟹同食，兩者同食的話，很容易會導致嚴重的胃部不適。

　　要說榴槤最簡單的吃法，就是生吃了。把榴槤肉「解構」出來，大快朵頤的感覺真不錯。另外，榴槤可以做成蛋糕、雪糕、月餅等美食，可說吃法甚多。

　　榴槤不愧是「水果之王」，大家快去水果店買一個嚐嚐吧！

正文（第 4 段）：說明榴槤的營養價值和飲食禁忌。

升級貼士

第 4 段只列出榴槤的維生素，如能結合其對人體的功效來說，可使說明更充實具體，如：榴槤含有膳食纖維可以幫助消化。

④ 舉例說明：舉出不能與榴槤同吃的食物例子，說明具體。

正文（第 5 段）：說明榴槤的吃法。

總結（第 6 段）：重申榴槤是「水果之王」。

事物說明　食物篇

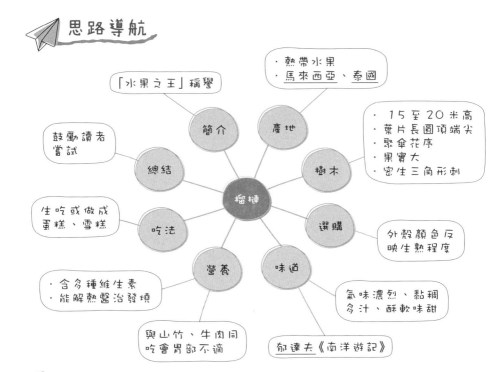

思路導航

- 簡介
  - 「水果之王」稱譽
- 產地
  - 熱帶水果
  - 馬來西亞、泰國
- 樹木
  - 15至20米高
  - 葉片長圓頂端尖
  - 聚傘花序
  - 果實大
  - 密生三角形刺
- 選購
  - 外殼顏色反映生熟程度
- 味道
  - 氣味濃烈、黏稠多汁、酥軟味甜
  - 郁達夫《南洋遊記》
- 營養
  - 含多種維生素
  - 能解熱醫治發燒
  - 與山竹、牛肉同吃會胃部不適
- 吃法
  - 生吃或做成蛋糕、雪糕
- 總結
  - 鼓勵讀者嘗試

（中心：榴槤）

校長爺爺點評

作者清楚介紹了榴槤的產地、樹木形態、選購指引、味道、營養價值和吃法，說明得很有條理，相信讀者們會被它深深吸引，也想去水果店買一些來嚐嚐吧！老師用「特別的榴槤」作為文題，這「特別」一詞定得很好，而作者從選材到內容都能扣題，顯示榴槤的獨特之處。

好詞補給站

原產	裂縫	厭惡	不愧	細心觀察
輕輕一撬	氣味濃烈	黏稠多汁	酥軟味甜	大快朵頤

好句補給站

關於榴槤的句子

- 一些榴槤有時還會有小裂縫，用水果刀輕輕一撬，就可將呈淺黃色的榴槤肉拿出來。
- 榴槤氣味濃烈、黏稠多汁、酥軟味甜，放進嘴裏就像在吃冰淇淋。
- 愛之者讚其香，厭惡者厭其臭。
- 把榴槤肉「解構」出來，大快朵頤的感覺真不錯。

小練筆

試根據以下寫作要求，介紹一款水果的特點。

寫作要求：

1. 運用第一人稱「我」和擬人法。

2. 說明水果的特點，如外形、顏色、味道、營養價值和功效等。

_____

_____

_____

_____

_____

_____

事物說明 食物篇

10 陸路交通特工隊

組織及寫作手法

開首（第1段）：指出陸路交通特工隊的使命是服務人類。

正文（第2段）：介紹校巴和巴士的特點。

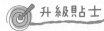
升級貼士

第2段兩次介紹巴士，建議其中一次改為介紹其他交通工具，如小巴，避免內容重覆。

正文（第3段）：介紹港鐵和高鐵的特點。

 佳作共賞

我們是陸路交通特工隊，① 每個成員全心全意地將人類送到目的地。

當你每天上學想盡快到達目的地時，請你立即找我們的隊員——校巴。他專門接載學生，安全往返家和學校。◎要是你的家人上班，請他立即找我們的隊員——巴士。他載客量多，收費便宜，而且能迅速地將乘客送往工作地點。◎當媽媽要買菜，請她立即找我們的隊員——巴士。他能夠快速到達市場，並有多個方便乘客上落車的車站。

如果你想假期時在<u>香港</u>到處遊覽，可以選擇港鐵隊員帶你到<u>香港</u>各處觀光。他的班次頻密穩定，讓乘客可以既準時，又快捷地到達觀光地點。如果你想到內地旅

遊，可以選擇高鐵隊員。他能輕鬆到達內地五十八個不同的地方，讓你省卻轉車的煩惱，可以舒適地旅遊。不管是甚麼類型的交通工具，都是為了方便將人類送到目的地。

我們的服務方式有兩種：一種是有軌的鐵路，他沿路軌行走，基本上不會受塞車之苦；另一種是無軌汽車，他的路線有彈性、覆蓋範圍廣。

隨着人類科技發展，我們將會有更多同盟軍助陣。①大家的目標只有一個，就是要全力提供更舒適、更快捷、更方便、更多優惠的交通工具給人類乘搭，幫助他們到達目的地。

正文（第4段）：指出陸路交通的兩種服務方式。

升級貼士

第4段可與首段合併，開首先總寫陸路交通的兩種服務方式，下文再分述有軌鐵路交通工具和無軌汽車，最後帶出總結。這種「總分總」結構能令文章更嚴密和清晰。

總結（第5段）：重申陸路交通特工隊的使命是服務人類。

① 首尾呼應：開首和結尾都提到「交通特工隊」的目標是服務人類，令結構更完整。

事物說明　城市篇

思路導航

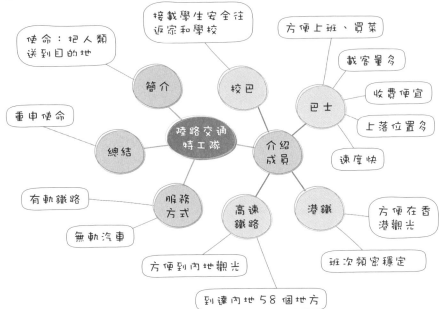

使命：把人類送到目的地

接載學生安全往返家和學校

方便上班、買菜

簡介

校巴

巴士

載客量多

收費便宜

上落位置多

速度快

重申使命

總結

陸路交通特工隊

介紹成員

服務方式

高速鐵路

港鐵

方便在香港觀光

有軌鐵路

無軌汽車

班次頻密穩定

方便到內地觀光

到達內地58個地方

校長爺爺點評

　　作者在文章中只介紹校巴（校巴只是巴士家族的一個成員，還有公共巴士、旅遊巴士、廠車、村巴……選用得不適合）、巴士、港鐵、高鐵四類，內容欠充實。

　　其實陸路交通工具還有單車，摩托車、小巴、電車、貨車、救傷車、消防車、警車等等，作者可以介紹多幾類，令內容更豐富。

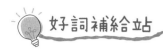

好詞補給站

專門	頻密	穩定	省卻	助陣
載客量	快捷地	全心全意	觀光地點	覆蓋範圍

好句補給站

關於交通工具的句子

* 我們是陸路交通特工隊，每個成員全心全意地將人類送到目的地。

* 鐵路家族的成員都有個大肚子，每天乘載數以百萬計的市民，帶領他們到達不同地方。

* 電車就像老年人，每天拖着狹長的兩層車廂緩緩地在路軌上行進，沿途響起「叮叮」的鈴聲，人們給它起了個趣緻的名字——「叮叮」。

小練筆

試根據以下資料，運用比喻或擬人手法，介紹香港公共小巴的特點。

資料：香港公共小巴有綠色專線小巴和紅色小巴兩類，按車頂的顏色來識別。截至 2021 年 4 月，全港有 3267 輛領牌的綠色專線小巴，按固定的路線、班次和收費提供服務；領牌的紅色小巴則有 991 輛，除禁區外，可行駛香港各區，沒有固定的路線、班次和收費。

寫作提示

說明事物要適當地運用資料，令內容更充實。若想文章活潑生動，則可以運用比喻或擬人等手法修飾句子。

事物說明 城市篇

11 比薩斜塔

佳作共賞

① 傳說 1950 年，物理學家伽利略把兩個重量不同的鉛球從相同的高度同時扔下，發現了自由落體定律。而現在，很多人到意大利旅遊，都會到意大利的地標之一遊覽，也就是當年伽利略把鉛球扔下時站立的地方──比薩斜塔，希望親眼目睹這舉世聞名的古跡。為甚麼比薩斜塔會有這麼高的人氣呢？

比薩斜塔聞名於世，絕大部分的原因是其傾斜的塔身。② 比薩斜塔由 1173 年 8 月開始建造，原本的設計是垂直的建築。② 但是到 1185 年，當比薩斜塔興建至第四層的時候，才發現地基不均勻和土層疏鬆，塔身已經傾向東南方，工程不得不暫停。

② 直到 1231 年，工程才得以繼續，當時人們採取了許多措施，以對比薩斜塔的傾斜作出修正，並刻意令上層向西北方傾斜，改善重心偏離的問題。不過直至比薩斜塔興建至第七層時，塔身已經不再呈直線，而是呈凹型，工程再次被迫暫停。

小作家檔案

姓名：周清宜　　年級：六年級

學校：聖公會基樂小學

　　一個世紀以後，工程重新展開，② 到了 1372 年才正式安上大鐘。可是，由於比薩斜塔隨時都有倒塌危機，所以直到現在，鐘聲一次也沒有響起過。

　　一直以來，意大利政府竭力保育比薩斜塔，經過各界的努力修復，比薩斜塔在三百年內都屹立不倒。說不定有一天，比薩斜塔能重拾當年的使命，敲響鐘聲呢！

正文（第 4 段）：指出比薩斜塔的工程在一個世紀後再次展開，並安上大鐘，但存在倒塌危機。

② 按時間順序說明：本文按比薩斜塔的建造時間順序說明，並抽取塔身傾斜的部分來寫，使得條理清晰，焦點明確。

總結（第 5 段）：帶出意大利政府致力保育比薩斜塔，並寄望比薩斜塔上的大鐘有一天能被敲響。

事物說明　城市篇

思路導航

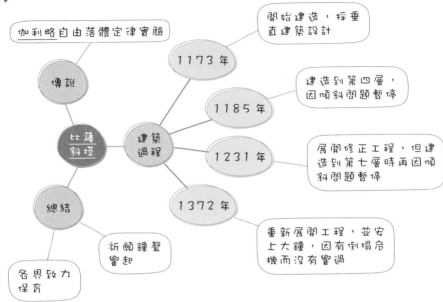

開始建造，採垂直建築設計

1173年

加利略自由落體定律實驗

傳說

比薩斜塔

建築過程

1185年

建造到第四層，因傾斜問題暫停

1231年

展開修正工程，但建造到第七層時再因傾斜問題暫停

1372年

重新展開工程，並安上大鐘，因有倒塌危機而沒有響過

總結

祈願鐘聲響起

各界致力保育

校長爺爺點評

　　作者可在開首先簡單介紹比薩斜塔的外形、高度、歷史等，令讀者有初步的認識，因為未必人人都知道比薩斜塔是一座怎樣的建築物。

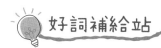

好詞補給站

地標	措施	修正	竭力	修復
重拾	親眼目睹	舉世聞名	倒塌危機	屹立不倒

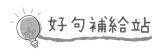

好句補給站

關於塔的句子

- 很多人到意大利旅遊，都會到意大利的地標之一遊覽，也就是當年伽利略把鉛球扔下時站立的地方——比薩斜塔。

- 聚星樓位於元朗屏山，是一座三層高的六角形建築。牆身用灰色青磚築成，各層之間有白色凸起的菱角形簷頭裝飾，設計獨特。

小練筆

試搜集比薩斜塔的資料，然後簡潔地概括它的背景資料、特點等。（不多於100字）

_____

_____

_____

_____

_____

_____

寫作提示

說明具體事物時，可先簡介它的位置、建造年份、性質等；也可描述它的外在特徵、層數、物料等，讓讀者有總體印象。

12 水的自述

組織及寫作手法

佳作共賞

開首（第1段）：指出水在地球表面佔有的面積，並提出水是生命源泉，確立主旨。

① 設問：通過一問一答的形式引入文章，能引發讀者思考，吸引他們繼續讀下去。

正文（第2段）：說明水能維持所有生物繁衍生息。

② 舉例說明：舉出水能幫助植物生長、令人類得以生存和繁衍後代為例子，說明水的用處。同學能把水對植物、植物對人類的作用層層遞進說明，而且合乎邏輯，條理十分清晰。

正文（第3段）：說明水具有毀滅性力量。

③ 明喻：以「惡魔」形容水，突顯它的破壞力，比喻貼切。

① 你知道我家的面積有多大嗎？告訴你，我家的面積佔了地球表面面積的四分之三，江、河、湖泊、海洋都是我的家，人類和動物都離不開我。沒有我，就沒有生命；沒有我，就沒有生機勃勃的地球。我就是生命的源泉——水。

我擁有強大的能力，生物的繁衍生息與我息息相關，所有生物都需要我來補充體內的水分。② 新鮮的蔬菜、甜美的水果……所有植物有了我的澆灌、我的滋潤，才得以生長，而人類才有足夠的食物維持生命，進而繁衍後代。在你們的日常生活中能輕易看見我的身影，清潔、煮食都需要我的幫忙，我無處不在！

雖然我對人類的貢獻頗多，但是我也有不安分的時候。只要地球板塊稍微移動，我便會產生劇烈的運動。③ 我會如惡

魔般沖毀房屋、沖毀農作物、吞噬生命、毀壞家園⋯⋯你們曾經因此對我產生敬畏之心。

　　然而這些年來，人類急速發展，水變得垂手可得，正如你們所言：愈容易得到，愈不被珍惜。④你們肆意地浪費淡水，污染海水，你們把垃圾拋向河流，把油污排向海洋⋯⋯我的家變得前所未有的骯髒。是的，我難受！我憤怒！為了平息心中的怒火，我掀起了海嘯回應你們的惡行，降下了暴雨沖刷你們的良知⋯⋯

　　我是水，驕傲的人類，你可記得我們有一個共同的家園——地球。我無處不在，我是生命的源泉。只要你們善待我，我才會繼續與你們和平相處，默默地為你們付出⋯⋯

正文（第4段）：說明人類不珍惜和污染水源。

④ 對偶：文中多處運用了對偶句，使句式工整、節奏明快，並能增強氣勢和說服力。

🎯 升級貼士

第4段指海水掀起海嘯以回應人類污染海水，有不實之處。同學可改寫海洋污染的影響，如：我讓有害物質透過海產進入你們身體，令你們自食其果。

總結（第5段）：重申主題，指出水是生命源泉，呼籲人類珍惜水源，愛護地球家園。

事物說明 城市篇

思路導航

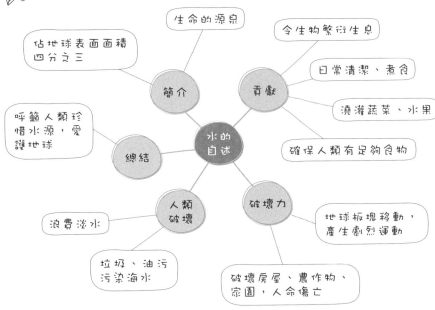

簡介
- 生命的源泉
- 佔地球表面面積四分之三

貢獻
- 令生物繁衍生息
- 日常清潔、煮食
- 澆灌蔬菜、水果
- 確保人類有足夠食物

破壞力
- 地球板塊移動，產生劇烈運動
- 破壞房屋、農作物、家園，人命傷亡

人類破壞
- 浪費淡水
- 垃圾、油污污染海水

總結
- 呼籲人類珍惜水源，愛護地球

水的自述

校長爺爺點評

　　作者不單說明了水的好處、優點，也說明了水的禍害、水的缺點，能引人入勝，啟發思考。

　　同類型的題目很多，如火的自述、風的自述、雨的自述、電的自述……這篇文章的演繹方法，使內容更豐富有深度，下筆似蠶聲，值得同學參考。

好詞補給站

源泉	稍微	沖毀	吞噬	肆意
怒火	掀起	善待	生機勃勃	息息相關
繁衍後代	無處不在	敬畏之心	垂手可得	前所未有

好句補給站

關於水的句子

- 沒有我，就沒有生命；沒有我，就沒有生機勃勃的地球。我就是生命的源泉——水。

- 植物有了我的澆灌、我的滋潤，才得以生長，而人類才有足夠的食物維持生命，進而繁衍後代。

- 我會如惡魔般沖毀房屋、沖毀農作物、吞噬生命、毀壞家園……

- 我們與人類一樣有不同的情感，當我們閒適愉快時，便會靜止不動，或是緩緩地流淌；當我們憤怒時，便會掀起千層巨浪，不停拍打岸邊，像獅子一樣咆吼。

小練筆

試運用對偶句改寫以下句子的橫線部分。

> 獅子山是香港著名的山峯，一曲《獅子山下》唱出香港市民的生活寫照和拼搏精神_____，使獅子山成為香港的地標之一。
>
> 獅子山是香港著名的山峯，一曲《獅子山下》，_____
> _____，_____，使獅子山成為香港的地標之一。

寫作提示

寫作說明文時，可以變換不同的句式，如長短句、對偶句、排比句、反問句、設問句等，這樣讀起來不會呆板，更加跳脫生動。

事物說明 城市篇

13　活得健康

組織及寫作手法

 佳作共賞

開首（第1段）：藉時下吃保健品的趨勢引入，帶出活得健康的主題。

① 設例：以假設帶出活得健康的方法，為下文鋪墊。

時下人們愈來愈注重健康，市面上的保健產品也因此愈來愈多。但要活得健康，不可只靠保健產品，也要配合多方面因素。① 試想想：如果一個人每天只顧着吃保健產品，忽略了均衡飲食及其他方面的需要，那保健產品也只是輔助品，沒有甚麼功效。所以要活得健康，就要顧及各方面，以下讓我介紹活得健康的方法吧！

正文（第2段）：從生理方面，說明活得健康的方法。

② 對比：根據進食的份量，對比應多吃和少吃的食物，令健康飲食原則一目了然。

首先，我們可以從生理方面着手。營養師指出飲食對健康十分重要，並 ② 鼓勵市民多吃蔬菜和水果，以吸收維他命。同時，少吃油炸類食品，可以減低患癌症、高血壓及血管閉塞等疾病的風險。另外可以根據「食物金字塔」的原則進食，② 最下層的穀麥類應該吃最多，相反，油、鹽及糖應該吃最少。除了飲食均衡，還要配合適量的運動。醫生指出多做運動有助排毒，每天運動一小時更可以促進新陳代謝。所以，均衡飲食和適量運動有助預防疾病。

正文（第3段）：從心理方面，說明活得健康的方法。

除此之外，心理方面也有一些方法讓我們活得健康。古語有云：「笑一笑，十

年少。」意思是心境開朗能令人變得年輕。試想想：如果一個人整日沒精打采，鬱鬱寡歡，常常擔心自己身患頑疾，不能盡情享受生活，久而久之，只會弄出病來。相反，一個人整日享受空閒，沒有憂慮，反而能活得健康。所以保持開朗心情是十分重要的。另外，多舒緩壓力也是其中一個方法。醫生指出過多壓力對健康是有壞處的。③ 如果一個人有太多壓力，整晚輾轉難眠，第二天就會沒精神。長此下去，影響健康。所以，舒緩壓力也是十分重要的。但是，可以怎樣舒緩壓力呢？　方法有很多：聽音樂、休息、工作後放鬆等。

　　總括而言，吃補品雖然有用，但也要配合均衡飲食、適量運動、保持心境開朗及舒緩壓力。希望你在我的文章裏找到適合你的方法吧！

升級貼士

可以在現有的說明中多加解釋「如何」。例如解釋「如何」可以整日享受空閒，沒有憂慮「如何」能活得健康；聽音樂、休息、工作後放鬆能「如何」舒緩壓力以活得健康。

③ 邏輯順序：按照邏輯及前因後果層層推理，明確指出心態、壓力與健康的關係。

總結（第 4 段）：歸納活得健康的方法，並提出個人期望。

思路導航

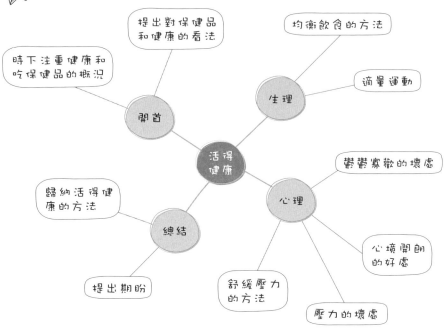

提出對保健品
和健康的看法

均衡飲食的方法

時下注重健康和
吃保健品的概況

適量運動

開首

生理

活得
健康

鬱鬱寡歡的壞處

歸納活得健
康的方法

心理

總結

心境開朗
的好處

提出期盼

舒緩壓力
的方法

壓力的壞處

校長爺爺點評

　　《活得健康》這篇文章雖然是老
生常談的話題，但作者能深入淺出、
娓娓道來，希望讀者閱後能注意均衡
飲食、適量運動、保持心境開朗及舒
緩壓力。全文佈局清晰，能引用適當
資料說明事理，寫得不錯。

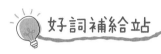

好詞補給站

時下	均衡	顧及	鼓勵	根據
舒緩	新陳代謝	心境開朗	沒精打采	鬱鬱寡歡
身患頑疾	盡情享受	久而久之	輾轉難眠	長此下去

好句補給站

關於健康飲食的句子

- 可以根據「食物金字塔」的原則進食，最下層的穀麥類應該吃最多，相反，油、鹽及糖應該吃最少。
- 快樂能令一盤蔬菜變成一場宴會。
- 灑最香的香水，不如喝最清的清水。
- 飲食節，則身利而壽命益；飲食不節，則形累而壽損。（《管子‧形勢篇》）

小練筆

假如你是作者，你會怎樣說明「聽音樂」與「舒緩壓力」之間的關係？「聽音樂」是怎樣一步一步達到「舒緩壓力」的效果？試把當中的過程寫出來。

聽最喜歡的音樂可以（如何？）＿＿＿＿＿＿＿＿＿＿＿＿＿＿＿＿＿

＿＿＿＿＿＿＿＿＿＿＿＿＿＿＿＿＿，可以（然後如何？）

＿＿＿＿＿＿＿＿＿＿＿＿＿＿＿＿＿＿＿＿＿，

達到舒緩壓力的效果。

寫作提示

如果寫文章時常常遇到不夠仔細、不夠字數等問題，可以每寫一句前都問問自己「如何？」透過不斷自問自答，你會發現自己的文句會變得更仔細具體。

14 養成健康的生活習慣

組織及寫作手法

開首（第1段）：藉名句入題，指出健康的重要，並提出全文說明重點。

① 設問：透過自問自答，簡單介紹下文將要說明的三個角度，令讀者對文章有預期及基本認知，掌握文章重點。

正文（第2段）：從飲食方面，說明養成健康生活習慣的方法。

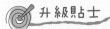

升級貼士

如果要提及專有名詞，可以作一些簡單說明或介紹，令讀者更能明白這些名詞的意思，以及與文章的關連。

正文（第3段）：從運動方面，說明養成健康生活習慣的方法。

佳作共賞

正所謂「健康是最大的財富」，擁有健康比擁有金錢更重要。因為金錢買不到健康的身體，有了健康才有資本去完成夢想。① 那麼我們應該怎樣做才能擁有這個財寶呢？我們可在飲食、運動和作息三方面實踐。

首先，在飲食方面。我們可按照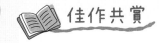「食物金字塔」的建議比例進食，多吃穀類和蔬果，少吃肉類，更可花點心思設計一些「三二一餐單」來提升食慾。避免吃太多「垃圾食物」（例如：漢堡包、薯條、蛋糕、糖果……）和加工醃製食品，因這些食物都會增加患上癌症的風險。因此飲食均衡是健康生活不可缺少的一環，我們應多選擇一些具高營養價值的食品，這會比進食山珍海味更有益，只要養成良好的飲食習慣，身體自然會健康。

其次，在運動方面。我們可參照「運動金字塔」的建議，每天持續做二十分鐘帶氧運動，例如：跑步、跳繩、打球，游泳等，也可與家人每天踏單車。

這些活動既可以忘卻煩惱，又可以強身健體，更可以促進親子感情。此外，做運動可以改善情緒，因為當我們運動時，大腦會製造出安多酚，有助舒緩精神壓力，刺激大腦，令人感到喜悅。② 既然做運動有這麼多好處，大家齊來每天做運動吧！

最後，在作息方面。我們從小就知道「早睡早起身體好」，每天至少要八小時的睡眠，同時千萬不要熬夜，因為這會影響我們肝臟排毒。③ 有了優質的休息便能精力充沛，精力充沛便能專心上課，專心上課便能成績好！由此可見，養成良好的作息習慣對身體健康是很重要的。

總括來說，健康的生活習慣是從一點一滴做起，只要堅持不懈、持之以恆，健康生活習慣就自然培養出來。《聖經》上說：「我們的身體就像神的殿，要好好愛惜它。」從今天起，我們齊來一起付諸實行吧！

② 祈使：透過祈使句作出呼籲，藉助情感來使說明的內容更合理，態度柔和地爭取讀者認同。

正文（第4段）：從作息方面，說明養成健康生活習慣的方法。

③ 頂真：運用頂真修飾段落的節奏，並在視覺上帶來重複效果，展現了句子之間的邏輯關係。

總結（第5段）：概括全文提及的建議皆要逐少做、堅持做，才可成功。最後，呼籲讀者從現在開始養成健康生活習慣。

思路導航

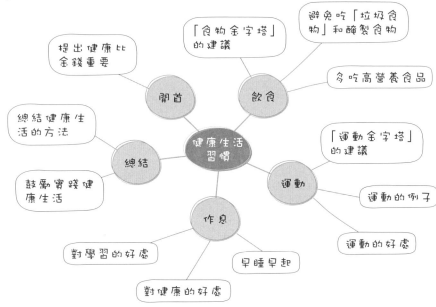

校長爺爺點評

作者善用修辭說明事物，例如透過一問一答，先指出要說明的主題，再提出自己的意見，條理清晰。頂真亦有相近的效果，為了顯示事理之間的邏輯關係，透過句末句首重複的字詞提示讀者，閱讀起來更易明白。

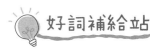好詞補給站

作息	食慾	習慣	促進	熬夜
花點心思	飲食均衡	山珍海味	精力充沛	一點一滴
堅持不懈	持之以恆	付諸實行	早睡早起身體好	

好句補給站

關於健康的句子

- 健康的生活習慣是從一點一滴做起，只要堅持不懈、持之以恆，健康生活習慣就自然培養出來。

- 第一財富是健康，第二財富是美麗，第三財富是財產。（柏拉圖）

- 身體對創造力有極大影響。很多人常把天才想像成矮小瘦弱的駝背人，但我寧可看到身體健壯的天才。（歌德）

小練筆

你知道作者提到的「食物金字塔」、「三二一餐單」和「運動金字塔」嗎？試選其中一個簡單說明它的意思。

「＿＿＿＿＿＿＿＿＿＿＿」是＿＿＿＿＿

＿＿＿＿＿＿＿＿＿＿＿＿＿＿＿＿＿

＿＿＿＿＿＿＿＿＿＿＿＿＿＿＿＿＿

＿＿＿＿＿＿＿＿＿＿＿＿＿＿＿＿＿

＿＿＿＿＿＿＿＿＿＿＿＿＿＿＿＿＿

＿＿＿＿＿＿＿＿＿＿＿＿＿＿＿＿＿

寫作提示

說明文常會提及專有名詞，如果這個名詞與說明的主題相關，應該要加以解釋，以及說明它與主題之間的關係。

15 小五學生應該怎樣舒緩壓力

組織及寫作手法

開首（第1段）：藉調查數字指出小五學生面對考試壓力，由此引入舒壓的主題。

① 數據說明：以數字說明大部分高小學生壓力大，令文章有特定的背景與說明動機。

正文（第2段）：說明運動有助減壓。

正文（第3段）：說明閱讀有助減壓。

② 引用說明：引用大學研究，配合數字及百分比，令有關方法的效果更具體。

佳作共賞

　　① 最近有調查顯示近八成高小學生感到壓力，尤以小五學生為甚。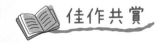為了呈分試，小五生面對愈來愈大的考試壓力。究竟小五學生應該怎樣舒緩壓力呢？

　　首先，做運動有助減輕壓力。運動時，大腦會產生荷爾蒙安多酚，令人感到快樂，壓力減少。根據衛生署的健康資訊，小學生每天應進行最少一小時中等至高強度帶氧運動，例如：游泳、跳繩、踏單車、跑步等。我們應配合個人體能和興趣，選擇適當的運動，循序漸進，持之以恆，才可有效舒緩壓力。

　　其次，閱讀也是一種高效的舒緩壓力方法。② 英國蘇塞克斯大學的一項研究發現，只需靜靜閱讀六分鐘，便可降低百分之六十八的壓力值，比聽音樂（百分之六十一）或散步（百分之四十二）的效果更好。研究更指無論讀甚麼類型的書籍，都可讓人暫時忘記煩惱，令身心得以放鬆。

　　還有，聽音樂也可以幫助釋放壓力。聽音樂有效降低壓力荷爾蒙皮質醇的濃度，令大腦釋出多巴胺，傳達快樂能量。有音樂治療師認為在感到壓力的時候，學生可以多聽古典音樂或柔和的純音樂。③古典音樂方面，可以選擇「巴洛克時期」或「古典時期」的。純音樂方面，則可以聽自然聲音或琴聲和結他聲為主的音樂。聽音樂令人身心舒暢，學生可以每天用二十分鐘聽音樂，讓身心得以鬆弛。

　　總括而言，呈分試的壓力是無可避免的，小五學生應該要正視並積極舒緩壓力。學生可透過運動、閱讀和聽音樂來減壓。古語有云：「水能載舟亦能覆舟。」我們要學會釋放壓力並將它轉化為動力，才能帶來正面影響，令身心健康地成長。

正文（第4段）：說明聽音樂有助減壓。

③分類說明：在說明聽音樂時，再將可以聽的音樂類別細分說明，令段落更清晰。

總結（第5段）：歸納說明過的減壓方法，並藉荀子名句深化主題，鼓勵讀者將壓力轉化為動力。

升級貼士

可以按題目要求，交代更多有關小五學生面對壓力的背景資料，並以「小五學生」作為獨特而具體的對象，說明這些舒緩壓力的方法為何特別適合他們。

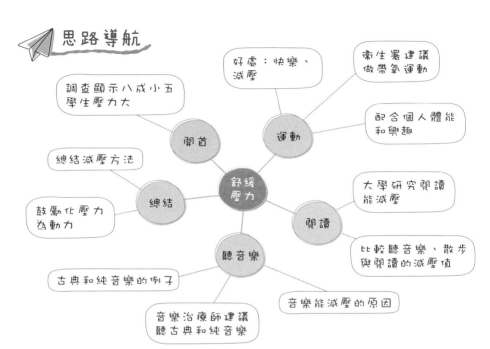

思路導航

- 開首
  - 調查顯示八成小五學生壓力大
- 運動
  - 好處：快樂、減壓
  - 衞生署建議做帶氧運動
  - 配合個人體能和興趣
- 閱讀
  - 大學研究閱讀能減壓
  - 比較聽音樂、散步與閱讀的減壓值
- 聽音樂
  - 音樂能減壓的原因
  - 音樂治療師建議聽古典和純音樂
  - 古典和純音樂的例子
- 總結
  - 總結減壓方法
  - 鼓勵化壓力為動力

舒緩壓力

校長爺爺點評

　　如果將小學分初小（一、二年級）、中小（三、四年級）、高小（五、六年級）三個階段，五年級便是小學生進入高小階段的開始。作者說明了呈分試給五年級學生帶來壓力，也說明運動、閱讀和聽音樂三方面是舒緩壓力的方法，寫得不錯。

　　可進一步說明呈分試會影響派讀中學，長遠而言或會影響入讀大學、前途發展；加上父母對子女滿懷期望，子女也不想令父母擔心和失望，因此小五學生面對的壓力會比其他年級的多。

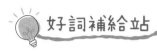

好詞補給站

體能	高效	傳達	鬆弛	正視
純音樂	健康資訊	帶氧運動	循序漸進	忘記煩惱
釋放壓力	身心舒暢	無可避免	水能載舟亦能覆舟	

好句補給站

關於壓力的句子

* 古語有云：「水能載舟亦能覆舟。」我們要學會釋放壓力並將它轉化為動力，才能帶來正面影響，令身心健康地成長。
* 別讓壓力教你忘記欣賞春天的紫丁香。
* 當烏雲重得壓破了你的靈夢，總能用睡醒之後的力氣走到最後。
* 形勞而不休則弊，精用而不已則勞，勞則竭。(《莊子・刻意》)

小練筆

你能說明其他可以讓小五學生舒緩壓力的好方法嗎？

小五學生要舒緩壓力可以試試＿＿＿＿＿＿＿＿＿（方法）。
（說明）＿＿＿＿＿＿＿＿＿＿＿＿＿＿＿＿＿＿＿
＿＿＿＿＿＿＿＿＿＿＿＿＿＿＿＿＿＿＿＿＿＿＿

寫作提示

由於有特定的說明對象，所以可以從對象的特點開始，思考相關的方法對他們是否合適。亦要避免小五學生較難做到的方法，例如獨自遠遊、挑戰極限運動等。另一方面，也應考慮小五學生面對甚麼壓力是其他年級未必有的。按特定對象提出建議，能使說明文更有說服力。

16 如何舒緩壓力

組織及寫作手法

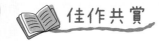 佳作共賞

開首（第1段）：藉香港人壓力沉重的現況入題，提出舒緩壓力的文章主題。

① 排句：運用語法相同、字詞相近的句子，同時說明現今香港父母與小孩的情況，同中見異。

② 暗喻：將父母比喻成夜行動物，令父母徹夜奔波的情況變得具體生動，比喻準確，別有風趣。

正文（第2段）：說明冥想如何減壓。

③ 獨特見解：將獨特、別出心裁的方法放在正文的開始，令人眼前一亮，亦能吸引讀者繼續追看。

正文（第3段）：說明聽音樂如何減壓。

　　現今香港人殆無虛日，① 父母也許會為了養家糊口而徹夜奔波，② 成了「夜貓子」；孩子或許會為了考試而囊螢夜讀，成了「少白頭」。這就是「心魔」——壓力，它會帶來無形的威脅，後果甚重，那我們該如何利用恰當的方法舒緩壓力呢？

　　③ 首先，我們可以選擇這種簡單又實際的方法——冥想。相信百分之九十九的白領的頭上都會有座叫「壓力」的大山，而冥想像是永恆聖泉，可以根治萬惡之泉——壓力。《西藏生死書》曾提到：「靜坐是帶給自己最好的禮物」，冥想讓我們放下雜亂思緒，鬆弛神經，這種千年智慧已在各地萌芽，我們不得不紛紛響應呀！

　　再者，我們可以聆聽音樂，當你感到有壓力時，可以聽音樂，放鬆心情。《時代雜誌》曾刊登過一篇研究報告：在三年間不斷訪問各界人士，發現三分之一的受訪者認為音樂讓他們放下一切疲勞。正所謂「餘音繞樑，三日不絕」，音樂宛如精靈，讓你的心靈來一次洗禮。

小作家檔案

姓名：李嘉鴻　　年級：五年級

學校：聖公會仁立小學

最後，我們可以選擇服用公認性高、效果好的保健產品。廉價的，譬如市場上常見的羅漢果茶、枸杞茶等。福建茶飲協會表示，喝茶不但能預防糖尿病、高血壓，還能舒緩壓力。而價格相對高昂的，例如：靈芝、蟲草……它們的藥效都由歐盟藥品管理局認可，又有多間廠商支持，減壓的成效不容置疑。人們想盡了千方百計才製造出此等良品，看來舒緩壓力的方法中，保健產品一定不會缺席。

現代人「壓力山大」，但只要實踐本文提及的三大方法，或許壓力將會「輕如鴻毛」。所謂「井無壓力不出油，人無壓力輕如灰」，對於成功者，他們絕不「俯首甘為孺子牛」，視壓力為動力，不斷努力；失敗者只能順從，永遠身處「舒適圈」，希望大家以正當的方法舒緩壓力，往「健康人生」邁進一步！

正文（第4段）：說明服用保健品如何減壓。

升級貼士

除了運用形容詞、四字詞之外，亦可構思更仔細具體的說明，避免句子過於簡單空泛。例如說明怎樣「公認性高」、怎樣「舒緩壓力」，怎樣「不容置疑」等，令說明的方法顯得更合理。

總結（第5段）：引申說明壓力可以成為動力，鼓勵人們用正確方法舒壓。

16 如何舒緩壓力　63

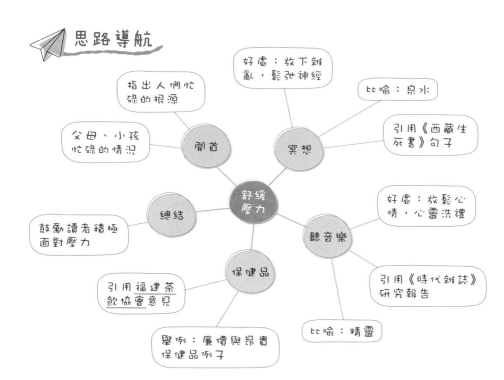

好處：放下雜亂，鬆弛神經

比喻：泉水

引用《西藏生死書》句子

指出人們忙碌的根源

父母、小孩忙碌的情況

開首

冥想

舒緩壓力

總結

聽音樂

好處：放鬆心情，心靈洗禮

鼓勵讀者積極面對壓力

保健品

引用《時代雜誌》研究報告

引用福建茶飲協會意見

舉例：廉價與昂貴保健品例子

比喻：精靈

校長爺爺點評

　　寫作說明文要層次分明，清楚說理外，倘能引經據典，陳列數據、研究報告，舉例說明，以支持作者的說法，便可大大增加文章的可讀性與說服力。

　　這一切，本文作者全做到了，是一篇好文章。

好詞補給站

宛如	洗禮	良品	少白頭	殆無虛日
養家糊口	徹夜奔波	囊螢夜讀	雜亂思緒	千年智慧
各地萌芽	千方百計	輕如鴻毛	餘音繞樑，三日不絕	

好句補給站

關於學習的句子

- 孩子或許會為了考試而囊螢夜讀，成了「少白頭」。

- 每逢星期天，我們學習做個不用學習的孩子。

- 合抱之木，生於毫末；九層之台，起於累土；千里之行，始於足下。（《老子》）

小練筆

你有舒緩壓力的好方法嗎？試解釋這個方法怎樣幫你舒緩壓力。

_____是個好方法，可以

_____，

_____

_____，有助舒緩壓力。

寫作提示

形容詞、四字詞或套語有其好處，但若能配合自己寫的文句，加以解釋，會更能準確表達心中想法。例如寫一個舒緩壓力的好方法，可以說明該方法對身心的好處，或解釋為甚麼會有好處，令說明更充分和有說服力。

17 運動的好處

 佳作共賞

　　適量運動可以保持身體健康，可以舒展身心，可以減輕壓力。現今有很多不同的運動，例如：游泳、籃球，羽毛球等，而我最喜歡的運動就是跑步，那麼跑步有甚麼好處呢？

　　首先，跑步可以強身健體。研究指出，①跑步可將人早逝風險降低百分之二十七，令人長壽，也可降低十三種癌症百分之十以上的發病率。所以，跑步可以令人身體健康。

　　其次，跑步對我們的心理健康有幫助。跑步可以增加身體的含氧量，讓我們的身心在運動中得到放鬆。②據美國焦慮及抑鬱症協會的研究發現，跑步能夠減輕焦慮症狀，讓人們的身心都得到放鬆。

最後，跑步簡單方便，可隨時隨地進行，適合各種人士。首先，跑步不太需要學習，很多人都可以跑步，而且不限人數，一個人或一羣人都可以跑。另外，跑步不需要很多用具，也不受時間或環境限制，可以隨時隨地、隨心所欲地跑。③ 我們在緩跑徑、公園、運動場、室內或是街道，都可以跑步。

 跑步對身心都有好處。大家要多做運動，保持身體健康，舒展身心。

正文（第 4 段）：說明跑步是簡單方便的運動。

③ 舉例說明：列出眾多跑步的可能場所，具體說明跑步相對簡單方便。

總結（第 5 段）：重申跑步有益身心，呼籲讀者多做運動。

升級貼士

說明文的總結段除了要提出全文的重點，亦可簡單綜合正文說明過的好處，甚至可以透過問句、感歎句在最後表達個人對跑步或運動的情感。

思路導航

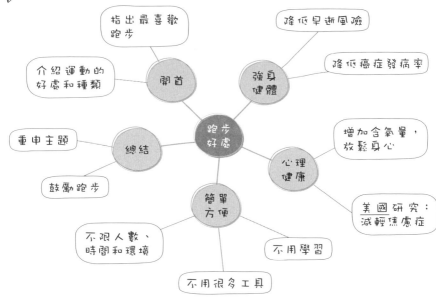

指出最喜歡跑步

介紹運動的好處和種類

開首

強身健體

降低早逝風險

降低癌症發病率

重申主題

總結

跑步好處

心理健康

增加含氧量，放鬆身心

鼓勵跑步

簡單方便

美國研究：減輕焦慮症

不限人數、時間和環境

不用學習

不用很多工具

校長爺爺點評

　　題目是《運動的好處》，作者選取跑步一項，說明它能強身健體，對心理健康有幫助，而且方法簡單，不需要工具，說明得很好。

　　不過運動除跑步外，還有游泳、體操、跳繩、行山、劍擊、球類活動、拳術、空手道、太極⋯⋯多不勝數。作者是六年級學生，可以擴闊範圍，多介紹一些其他運動，令可讀性更高，況本篇文章字數不多，有增加空間。

好詞補給站

現今	風險	長壽	焦慮	限制
發病率	含氧量	緩跑徑	身體健康	舒展身心
強身健體	心理健康	簡單方便	隨時隨地	隨心所欲

好句補給站

關於跑步的句子

• 跑步簡單方便，可隨時隨地進行，適合各種人士。

• 我喜歡一邊回憶往事一邊跑來跑去，只要感到疲累便轉身歸去。

小練筆

假如你是作者，你會怎樣寫總結段？試改寫原文。

改寫：跑步對身心都有好處，_____

_____

_____

_____

_____

_____

_____

_____

寫作提示

說明文的總結段要強調全文重點，也可綜合前文的內容大要，更可運用問句、感歎句表達個人情感，為段落的文句和語調帶來更多變化。

18 大自然的警示

佳作共賞

開首（第 1 段）：交代人類面對各種天災，提出大自然會否給予人類警示的疑問，引入下文。

① 問句：透過問句帶出主題，觸發讀者好奇心，繼續閱讀下去。

正文（第 2 段）：說明地震前的警示。

② 事例豐富：能針對段落大意，舉出各地真實例子說明事理，豐富文章內容。

正文（第 3 段）：說明海嘯前的警示。

③ 避複：善用連接詞，在結構相似的段落中運用同中有異的文句與用字，為文章結構建立規律的同時帶來變化。

千百年來，地球上的生命始終面臨着各種天災：地震、海嘯，颱風等等。① 可怕的天災來臨時，我們真的束手無策嗎？大自然會給我們警示嗎？讓我們從以下案例探索其中奧祕吧！

在地震發生前，動物會出現反常行為，例如煩躁不安、作息規律異常等等。② 在一九七五年，中國遼寧發生地震前，青蛙、蝮蛇等冬眠動物紛紛出洞。③ 所以，地震前，大自然會透過動物給我們帶來警告。

此外，海嘯發生前，海面會有明顯變化，例如海水暴漲暴退、海上傳出異常聲響等。② 在二零一八年，印尼發生海嘯前，淺海區突然變白，前方有長長的、明亮的水牆。③ 因此，海嘯前，海平面已經不再平靜，各種先兆也會顯現出來。

　　颱風發生前，天上的雲彩會變得異乎尋常，甚至「美輪美奐」。②在二零一八年，台灣發生颱風前，天上有橙色雲團。傍晚時，天空出現紅藍相間的晚霞。③由此可見，颱風發生前，大自然會透過雲朵帶來警告。

　　總括而言，雖然說大自然是神祕莫測的，但只要我們細心觀察，就會發現每一次天災來臨前，神祕的大自然都會透過各種各樣的先兆來警示我們。我們要在生活中認真觀察，積極探索，掌握規律，減少或避免天災帶給我們的傷害。

正文（第 4 段）：說明颱風前的警示。

🎯 升級貼士

可以加強例子與段落乃至文章主題之間的關連，例如說明例子如何見到大自然的警示、這些例子為甚麼會出現、為甚麼要在這段選擇這個例子，例子與前文後理有甚麼關係等。

總結（第 5 段）：回應開首，確立大自然會透過先兆警示天災來臨的主旨，呼籲讀者細心觀察。

思路導航

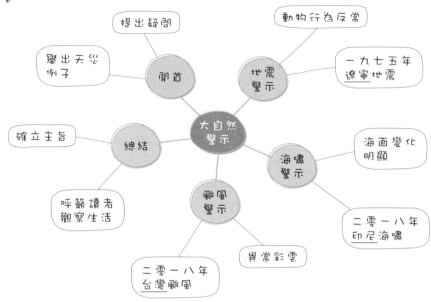

思路導航圖：

- 開首
  - 提出疑問
  - 舉出天災例子
- 地震警示
  - 動物行為反常
  - 一九七五年遼寧地震
- 大自然警示（中心）
- 海嘯警示
  - 海面變化明顯
  - 二零一八年印尼海嘯
- 颱風警示
  - 異常彩雲
  - 二零一八年台灣颱風
- 總結
  - 確立主旨
  - 呼籲讀者觀察生活

校長爺爺點評

　　文章寫得很好，清楚說明地震、海嘯、颱風發生前的大自然變化，如動物異動、海浪或雲彩變得不尋常，作者還舉例說明事件發生的年份和地點，把事理說得具體明白，讀者很容易理解。

　　這些警示在災難前大多會發生，同學舉些例子說明便足夠，文中只舉出某年某月在某地發生的單一例子，反見不美，大大削弱了說服力。

好詞補給站

面臨	來臨	警示	探索	奧祕
先兆	晚霞	束手無策	反常行為	煩躁不安
紛紛出洞	異乎尋常	紅藍相間	神祕莫測	各種各樣

好句補給站

關於雲彩的句子

* 在二零一八年，台灣發生颱風前，天上有橙色雲團。傍晚時，天空出現紅藍相間的晚霞。

* 若說天如汪洋，浮雲則是一葉扁舟，不斷向無邊摸索，然後不斷漂泊。

* 鮮花為蜂蜜而盛開，白雲為微風而散開。

* 半空的密雲如路面的浮塵，遮掩了屬於天地的祕密。

小練筆

假如你要說明一種天災，你會選擇甚麼事例？這個事例與你選擇的天災有甚麼關係？試加以說明。

天災：＿＿＿＿＿＿＿＿＿

事例：＿＿＿＿＿＿＿＿＿

＿＿＿＿＿＿＿＿＿＿＿＿＿

說明：＿＿＿＿＿＿＿＿＿

＿＿＿＿＿＿＿＿＿＿＿＿＿

＿＿＿＿＿＿＿＿＿＿＿＿＿

＿＿＿＿＿＿＿＿＿＿＿＿＿

寫作提示

例子是客觀事物，舉出例子後需要加以說明，才會成為寫作時的好幫手。例如例子代表了甚麼、說明了甚麼，例子與說明的事物有甚麼關係等。

19 沉迷網絡世界的後果

組織及寫作手法

開首（第1段）：以問句入題，簡介互聯網的好壞，並標明本文將會說明沉迷網絡世界的後果。

① 對比：透過善用互聯網的好處，對比出過分沉迷帶來的壞處。

正文（第2段）：說明沉迷網絡世界令家人的關係疏離。

升級貼士

說明時要一步一步解釋，比較好的處理方法是注意句子與句子之間的關係，避免在邏輯或意思上跳躍，而要說明想表達的意思之間有何關聯。例如說明「相處時間減少」會怎樣導致「忽略彼此溝通」、「感情淡薄」，「家庭問題愈來愈多」等。

正文（第3段）：說明沉迷網絡世界影響學業。

佳作共賞

　　你有上網的習慣嗎？網絡世界裏有很多不同資訊，其中有正面的，也有負面的。① 假如我們善用互聯網，能使生活更方便、愜意；但如果過分沉迷，會像吸食毒品般上癮，令人無法自拔。究竟沉迷網絡世界有甚麼害處呢？讓我從以下三方面說明吧！

　　首先，沉迷網絡世界會令家人之間的關係變得疏離。若長期沉迷在網絡世界，例如：跟網友談天、玩網上遊戲等，可能會減少與家人的相處時間，忽略了彼此之間溝通，令感情變得愈來愈淡薄，家庭問題也愈來愈多。而且，當父母用盡一切辦法阻止你進入網絡世界，而你已經上網成癮，便不會聽從勸告，於是大家意見不合，吵架等問題也會一一出現，破壞了彼此的關係。因此，沉迷網絡世界會令家人之間的關係日益惡化。

　　其次，沉迷網絡世界會影響學業。人們沉迷在網絡世界中，便會廢寢忘餐、沒有節制地玩電腦遊戲、看網上影片或跟網友聊天等，引致睡眠不足，沒有充足精神

去應付學業。甚至因為每天把寶貴的時間花在網絡世界中，浪費了光陰，也荒廢了學業；又或是在上課的時候，腦海裏不斷回憶網上遊戲的影像，令專注力大大下降，不能留心上課，自然也不會懂得老師教授的課文內容。因此，沉迷網絡世界最終會令人失去學習興趣。

最後沉迷網絡世界會影響身體健康。②根據研究顯示，長時間使用電腦上網會影響脊椎發育。因為使用電腦時，我們一旦長時間維持不良坐姿，就會引致脊椎移位、彎曲，變形等。同時，如果經常觀看電腦屏幕，屏幕散發出來的藍光，輕則會令眼睛不適，重則會引致近視、散光，青光眼等眼睛疾病。因此，沉迷網絡世界會令我們的健康受損。

總而言之，③沉迷網絡世界既會令家人之間的關係疏離，又會影響學業成績，還會影響身體健康。既然沉迷網絡世界的害處這麼多，我們就要戒掉這個陋習，努力讀書，多做有意義的活動，千萬別把寶貴光陰浪費於沉迷網絡世界中。

正文（第4段）：說明沉迷網絡世界影響身體。

②引用說明：引用研究資料，說明長時間用電腦的後果和背後原因，令這段要說明的後果比較可信。

總結（第5段）：綜合全文提及過的影響，提醒讀者要小心注意。

③排比：以排比句整理全文說明過的後果，令全文的說明順序更見條理。

思路導航

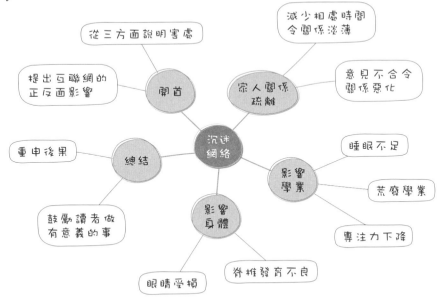

從三方面說明害處

減少相處時間
令關係淡薄

提出互聯網的
正反面影響

開首

家人關係
疏離

意見不合令
關係惡化

沉迷
網絡

重申後果

總結

睡眠不足

影響
學業

荒廢學業

鼓勵讀者做
有意義的事

影響
身體

專注力下降

眼睛受損

脊椎發育不良

校長爺爺點評

　　作者有條不紊說明沉迷網絡世界的後果，有三方面：一、家人關係疏離；二、影響學業；三、影響健康。作者舉例恰當，說理清晰易明，寫得不錯。希望讀者千萬別沉迷在網絡世界中。

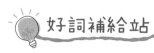 好詞補給站

沉迷	疏離	淡薄	勸告	惡化
節制	荒廢	脊椎	坐姿	屏幕
藍光	受損	無法自拔	上網成癮	廢寢忘餐

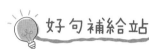 好句補給站

關於沉迷的句子

- 假如我們善用互聯網，能使生活更方便、愜意；但如果過分沉迷，會像吸食毒品般上癮，令人無法自拔。

- 沉迷網絡世界既會令家人之間的關係疏離，又會影響學業成績，還會影響身體健康。

 小練筆

長期沉迷網絡世界會導致家庭問題增多，但要怎樣說明兩件事之間的關係呢？

長期沉迷網絡世界，可能會＿＿＿＿＿＿＿＿＿＿＿＿＿＿＿＿＿

＿＿＿＿＿＿＿＿＿＿＿＿＿＿＿＿＿＿＿＿＿＿＿＿＿＿＿＿，

以致＿＿＿＿＿＿＿＿＿＿＿＿＿＿＿＿＿＿＿＿＿＿＿＿＿＿＿

＿＿＿＿＿＿＿＿＿＿＿＿＿＿＿＿＿＿＿＿＿＿＿＿＿＿＿＿，

結果家人之間的感情愈來愈淡薄，家庭問題也愈來愈多。

寫作提示

寫說明文時，可以多運用連接詞，這是其中一個令獨立句子之間建立邏輯連繫的好方法。尤其是說明兩件事之間的關係時，不應一步登天，而要環環相扣，透過一步一步的說明，為兩者建立更清晰明確的邏輯關係。

20 論遊戲機

組織及寫作手法

開首（第1段）： 藉社會現況入題，對遊戲機的好壞提出看法。

① **設問：** 在文章開首自問自答，激發讀者在閱讀正文前先作思考。

正文（第2段）： 說明遊戲機有助消閒娛樂。

正文（第3段）： 說明遊戲機有助學習邏輯與合作。

正文（第4段）： 說明遊戲機有助強身健體。

佳作共賞

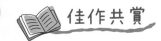

　　遊戲機是現今青少年的熱門玩意，差不多每個家庭也有一台。① 究竟遊戲機是為我們帶來好處，還是壞處呢？對我來說，遊戲機有好處，也有壞處，但只要不沉迷，就可以享受遊戲機帶來的樂趣。

　　首先，遊戲機是很好的消閒娛樂。現代都市人工作忙碌，青少年學業繁重。當他們放下手上工作，按下遊戲機開關，就可以投入畫面精美、故事情節有趣的虛擬世界。這樣，他們就可以減壓和消遣了。

　　其次，遊戲機可以幫助我們加強邏輯思維，更可以學習與人合作。有些遊戲讓我們思考怎樣解決難題，也有些遊戲講求合作精神，需要玩家一起思考怎樣過關，過關後大家便會感到滿足，從中學會互相幫助的重要。

　　此外，有些遊戲可以幫助我們強身健體。近年遊戲機的設計愈來愈先進，玩家可把遊戲機連接到不同的運動器材。當天氣不好的時候，我們可以在家裏一邊遊戲，一邊運動，真是一舉兩得啊！

雖然遊戲機有很多好處，但我們也不能忽略遊戲機的壞處。

玩遊戲機最大的壞處，是玩家不斷享受遊玩的過程，可能會沉迷到不能自拔。這樣會浪費很多時間，忘記了自己在日常生活中要做的重要事情，滿腦子只有遊戲的畫面，把重要的事情拋諸腦後。有些學生因為過分迷戀遊戲，結果連學業也逐漸荒廢。

另外，玩遊戲機的另一個壞處，是當玩家玩得太久，眼睛不斷盯住電子屏幕，會影響視力和健康。長時間玩遊戲機會對視力造成嚴重影響，而且終日集中在電子遊戲而不活動身體，甚至廢寢忘餐，結果對身體造成永久傷害。

總括而言，遊戲機有好處，也有壞處。它既可以提供娛樂，也可以讓我們加強邏輯思維，學習與人合作，幫助我們運動。只要我們於適當時候玩耍，不過分沉迷，② 遊戲機就可以成為我們消閒娛樂的良伴。

正文（第5段）：從說明好處過渡到壞處。

正文（第6段）：說明遊戲機可能導致沉迷。

升級貼士

說明事理時，不妨運用舉例說明。透過具體事例，能令事理的特點更明確。例如甚麼遊戲可以「讓我們思考」、「講求合作」，有哪些「重要事情」，有甚麼「嚴重影響」或「永久傷害」等。

正文（第7段）：說明遊戲機可能影響健康。

總結（第8段）：重申遊戲機有好有壞，而好處較多，只要懂得怎樣使用即可消閒娛樂。

② 暗喻：將遊戲機比喻成良伴，切合同學在文中對遊戲機的正面評價。

事理說明 科技篇

思路導航

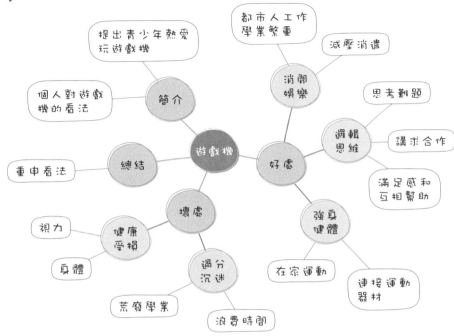

提出青少年熱愛玩遊戲機 — 簡介

都市人工作學業繁重 — 消閒娛樂 — 減壓消遣

個人對遊戲機的看法 — 簡介

遊戲機

重申看法 — 總結

好處 — 消閒娛樂

好處 — 邏輯思維 — 思考難題

邏輯思維 — 講求合作

邏輯思維 — 滿足感和互相幫助

壞處 — 健康受損 — 視力 / 身體

壞處 — 過分沉迷 — 荒廢學業 / 浪費時間

好處 — 強身健體 — 在家運動 / 連接運動器材

校長爺爺點評

作者以正反兩方面說明玩遊戲機的好處和壞處，寫得很有條理。若能列舉具體事例，會使事理更明確和具說服力。

盼望讀者能產生共鳴，善用遊戲機。

好詞補給站

究竟	忽略	盯住	終日	良伴
差不多	熱門玩意	消閒娛樂	工作忙碌	學業繁重
邏輯思維	合作精神	運動器材	一舉兩得	拋諸腦後

 好句補給站

關於遊戲的句子

- 當他們放下手上工作,按下遊戲機開關,就可以投入畫面精美、故事情節有趣的虛擬世界。

- 玩遊戲機最大的壞處,是玩家不斷享受遊玩的過程,可能會沉迷到不能自拔。

- 遊戲的人與遊戲之間的關係,是在於愈投入遊戲愈失去自我,愈失去自我則愈投入遊戲。

 小練筆

作者在第 3 段提及遊戲機可以讓我們加強邏輯思維和學習合作,試舉一個例子說明哪種遊戲有這些好處。

> 有些遊戲讓我們思考難題,也有些講求合作,需要玩家一起思考怎樣過關。例如 _____
>
> _____ ,
>
> 不但令玩家合作起來,更能加強邏輯思維以完成不同關卡或挑戰。

寫作提示

舉例說明是說明文的常見手法,好處是可以讓抽象的事情變得明確具體,令讀者更能理解。如果想到一些有趣的例子,更能令文章變得有趣。

21　科技改善生活

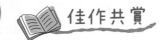 佳作共賞

開首（第1段）：直接點明科技改善生活。

正文（第2段）：以問題引入下文，說明科技產品如何改善生活。

正文（第3段）：說明科技產品能提升效率。

① 對比：透過以往在圖書館查資料有時間與空間上的限制，對比現在用手機的效率。

② 暗喻：把圖書館的資料及印刷品比喻成文字海洋，含蓄而深刻地表達了以前不用科技產品搜集資料缺乏效率。

正文（第4段）：說明科技產品能讓人愉快學習

　　人們對美好生活的嚮往和追求，令科技發展一日千里、日新月異，不斷衍生新產品，改善了不少人的生活。

　　那麼科技產品如何改善生活呢？

　　第一，科技產品能夠提升我們做事的效率。① 以前人們想搜集資料，要到圖書館翻看書本或報紙，可能花上一天時間，也只能找到有限的資料。現在，只要在手機按幾個鍵，不需一分鐘，就可以找到相關的資料，② 比在茫茫的文字海中找尋，更省時間和精力。

　　第二，科技產品能讓人有趣味地學習。有些科技產品用了虛擬實境技術，這是一種通過創造仿真環境，讓人在虛擬環境中體驗的技術。人們可以在體驗中學習，寓學習於娛樂。

第三，科技產品為醫療帶來重大突破，三維打印機就是其中一個例子。③輪候器官遙遙無期，輪候時間最長超過二十九年，更有大約百分之九至十五的病人在輪候期間死亡。三維打印近年開始應用在醫療上，有研究團隊初步打印出耳朵、腎臟，甚至眼角膜。希望未來三維打印機能夠打破這個苦況！

科技產品有效地改善我們的生活，但我們也不要忘記，背後其實有一輩人付出了莫大的時間和努力，才成就了今天的方便。所以我們一定不要侵犯他人的知識產權，要堅決拒絕盜版。

正文（第5段）：說明科技為醫療帶來重大突破。

③數據說明：以輪候器官的最長年期及輪候期中大約的死亡率，說明現今病人苦況，令科技改善生活的主題更有說服力。

總結（第6段）：從主題進一步思考，希望讀者記得為科技努力的人。

 升級貼士

總結時要注意句子與整篇文章之間的關係是否緊密。從說明的主題引申出去之前，可以先把說明過的角度綜合起來。若說明順序有特定原因或邏輯，更可善用排比、層遞、頂真等修辭說明清楚。

事理說明 科技篇

思路導航

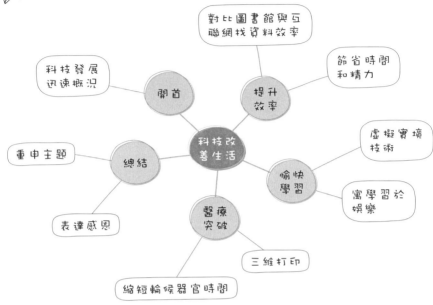

- 對比圖書館與互聯網找資料效率
- 科技發展迅速概況
- 開首
- 提升效率
- 節省時間和精力
- 重申主題
- 總結
- 科技改善生活
- 愉快學習
- 虛擬實境技術
- 寓學習於娛樂
- 表達感恩
- 醫療突破
- 三維打印
- 縮短輪候器官時間

校長爺爺點評

　　作者分三方面清楚說明了科技改善生活的例子，如提升效率、愉快學習、醫療突破，已是一篇不錯的文章。

　　可補充說明運用機械人對人類的幫助，如煮飯、送餐，利用人工智能進行數據分析、開發新產品、無人駕駛汽車、火車、飛機等，令內容更豐富及更多姿采。

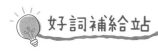

好詞補給站

嚮往	茫茫	虛擬	仿真	輪候
苦況	背後	莫大	成就	一日千里
日新月異	搜集資料	遙遙無期	寓學習於娛樂	

好句補給站

關於努力的句子

* 科技產品有效地改善我們的生活,但我們也不要忘記,背後其實有一輩人付出了莫大的時間和努力,才成就了今天的方便。

* 人們傾向把成功歸因於自己的能力或努力,而把失敗歸因於運氣等外在因素。

* 哪怕沒有人努力地紀錄,也要一個人努力地繼續。

小練筆

試綜合作者在文中說明過的三個角度,改寫出新的總結段。

改寫:總括而言,＿＿＿＿＿＿＿＿＿＿＿＿＿

＿＿＿＿＿＿＿＿＿＿＿＿＿＿＿＿＿＿＿＿

＿＿＿＿＿＿＿＿＿＿＿＿＿＿＿＿＿＿＿＿

＿＿＿＿＿＿＿＿＿＿＿＿＿＿＿＿＿＿＿＿

＿＿＿＿＿＿＿＿＿＿＿＿＿＿＿＿＿＿＿。

可見,科技產品改善了我們的生活。但不要忘記,背後有人付出了莫大的努力,才成就今天的方便。

寫作提示

在總結段中,除了可以運用之前提及過的問句和感歎句,亦可運用各種修辭。例如排比、層遞及頂真,都有助綜合全文說明過的角度。

22 看電視對青少年的影響

組織及寫作手法

開首（第1段）：指出本文會從三方面，說明電視對青少年的影響。

正文（第2段）：說明看電視可增廣見聞。

① 舉例說明：以真實的電視節目為例，引起讀者共鳴，更能思考電視的影響。

正文（第3段）：說明看電視可培養良好習慣。

② 數據說明：列明荷蘭研究的參與者人數、年齡、研究時間及人數結果，令人更相信有關研究及顯示出看電視與好習慣之間的關係。

 升級貼士

如果「舒緩壓力」和「培養良好習慣」並列於同一段落，兩者的說明篇幅應該相若，例如加入一些綜藝節目的實例，以免詳略失當。

佳作共賞

　　看電視是現今青少年生活不可或缺的娛樂，究竟看電視對他們有甚麼影響呢？以下將會從三方面說明。

　　首先，看電視可以增廣見聞。① 例如看一些介紹世界文化的電視節目，如《世界文化遺產》。透過這類節目，我們可以認識世界各地的文化紀念物、建築羣和歷史場所等，了解各國的文化和歷史。又例如《山水傳奇》介紹香港郊野地方，讓觀眾欣賞自然美景之餘，對當中的生態環境和價值也有進一步認識，更可以清楚了解我們身處的大自然環境。由此可見，看電視確能增加我們對世界或大自然的認識。

　　其次，看電視可以舒緩壓力，培養良好的習慣。當我們身處壓力下，可以看綜藝節目放鬆心情，亦為生活增添樂趣。此外，荷蘭蒂爾堡大學一項研究指出，讓小朋友收看烹飪節目，他們飲食習慣會更健康！② 研究有一百二十五名兒童參與，他們十至十二歲，分成兩組收看十分鐘由荷蘭公共電視製作的烹飪節目。其中一組小朋友收看以健康食物為主題的節目，另

一組則收看不健康飲食的相關節目。收看節目後，研究人員給他們零食作為獎勵，零食可選蘋果或小黃瓜等健康食物，以及薯條和椒鹽餅乾等比較不健康的零食。結果，收看健康食物烹飪節目的孩子，選擇健康零食的比率，較選擇不健康零食的多二點七倍。由此可見，看電視確能幫我們舒緩壓力，培養良好習慣。

可是，用不正確的方式看電視會帶來壞處。電視屏幕發散出來的藍光對眼球傷害極大，若眼睛沒有得到充分休息，長時間看電視會損害眼睛健康。另外，當我們看電視時，雙眼跟電視機的距離不正確，很容易導致近視。由此可見，用不正確的方式看電視會損害眼睛健康。

正文（第4段）：說明看電視可帶來壞處。

總括而言，看電視既可以增廣見聞，又可以舒緩壓力，培養良好的習慣。然而用不正確的方式看電視，也會損害眼睛健康。期盼大家用正確的方式、適當地分配看電視的時間，好好享受電視節目為我們帶來的樂趣。

總結（第5段）：綜合說明過的正面影響及負面影響，表達對讀者的期盼。

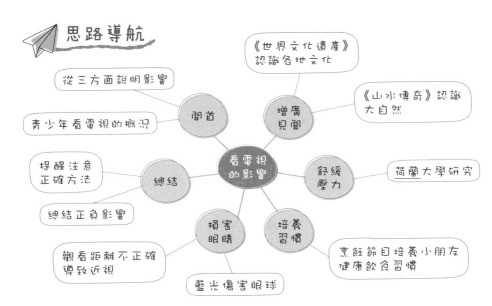

思路導航

《世界文化遺產》認識各地文化

從三方面說明影響

青少年看電視的概況

開首

增廣見聞

《山水傳奇》認識大自然

看電視的影響

提醒注意正確方法

總結

舒緩壓力

荷蘭大學研究

總結正負影響

觀看距離不正確導致近視

損害眼睛

培養習慣

烹飪節目培養小朋友健康飲食習慣

藍光傷害眼球

校長爺爺點評

　　作者能清楚說明看電視可增廣見聞、舒緩壓力、培養習慣，同時說明用不正確的方式，如長時間、近距離看電視也會損害眼睛，這些要注意的事項對各個年紀人士都合用，寫得很好。

　　可惜作者未能扣題「對青少年的影響」，如能說明看電視對青少年的影響更佳，例如指出青少年是發育成長和建立價值取向的重要階段，應多做運動、多擴闊人際交往圈子、多做義工服務社會，如果長時間沉迷追看劇集、球賽等娛樂節目，便會少了時間鍛煉身體、增廣見聞，生活變得不平衡、不協調了。

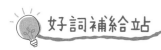

好詞補給站

生態	確能	發散	藍光	期盼
建築羣	不可或缺	增廣見聞	文化遺產	歷史場所
自然美景	放鬆心情	增添樂趣	充分休息	文化紀念物

好句補給站

關於電視電影的句子

* 當我們身處壓力下，可以看綜藝節目放鬆心情，亦為生活增添樂趣。
* 期盼大家用正確的方式、適當地分配看電視的時間，好好享受電視節目為我們帶來的樂趣。
* 為自己找個假期，去去異地，看一齣熟悉的好戲。

小練筆

作者在第 3 段提出「看電視可以舒緩壓力」，試以舉例說明的方式擴寫內容。

> 擴寫：當我們身處壓力下，可以看綜藝節目放鬆心情，亦為生活增
>
> 添樂趣。例如 _____
>
> _____
>
> _____
>
> _____

寫作提示

寫作時要考慮詳寫略寫，如果文章中的角度或段落同等重要，那不應厚此薄彼，而要字數相約，平均分配內容。

23 開卷有益

 佳作共賞

開首（第 1 段）：藉問句入題，直接指出閱讀有助獲取知識。

① 問句：直接向讀者提出與主題相關的問題，令讀者回憶自身的經驗與認知，吸引他們繼續閱讀。

正文（第 2 段）：說明閱讀能增廣見聞。

正文（第 3 段）：說明閱讀能活學活用。

② 舉例說明：透過史例說明閱讀有增加知識以外的好處，能令相關好處與現實生活的關係更明確具體。

正文（第 4 段）：說明閱讀能陶冶性情。

你有沒有閱讀的習慣呢？閱讀是我們獲取知識的途徑，對我們有許多好處，① 你知道閱讀能給我們帶來甚麼好處嗎？

首先，閱讀能夠增進知識，使我們增廣見聞。不同類別的書籍可以提供各方面的知識，使我們更全面汲取知識。例如歷史書可以令我們學到過去發生的事件，讓我們借古鑑今，不再犯同樣的錯誤。

其次，很多古人都靠閱讀獲得知識。例如：呂蒙、孫敬、蘇秦等。② 三國時代將領呂蒙曾因讀書不多而被人看不起，於是他花了一段時間閱讀書籍，視野變得廣闊，計劃戰略時也更加得心應手。這證明閱讀不但能擴闊我們的知識層面，還能活學活用，把書本知識應用於生活當中。

閱讀能陶冶性情並改善人的品格。一本好書蘊含着做人處事的哲理，令我們以合適的態度待人接物。寧靜地閱讀一本書

可以平靜心境，減少壓力。③有研究指出，每週閱讀至少三十分鐘能令人心境開朗，更有百分之五十七的參與者認為自己有了更優秀的文化覺知能力。由此證明，閱讀令人思想正面，亦能提升文化觸覺。

　　總括而言，閱讀對我們的日常生活十分重要。如果你沒有閱讀習慣，可以嘗試找一本感興趣的書籍，可能會學到新的知識。閱讀不是一朝一夕的事，是需要長時間堅持和積累才見其效啊！

③數據說明：透過數字及具體百分比，說明閱讀的效果與條件，令說明更可信。

總結（第5段）：總結閱讀的重要，鼓勵讀者持之以恆地閱讀。

 升級貼士

在總結段，從主題引申出去之前，要更注意扣題。例如：提出堅持和積累是開卷有益的前提，或以文章說明過的好處鼓勵讀者要堅持和積累。

思路導航

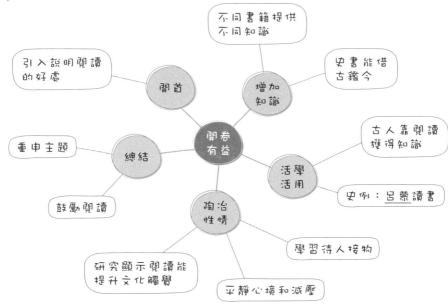

- 引入說明閱讀的好處
- 開首
- 不同書籍提供不同知識
- 增加知識
- 史書能借古鑑今
- 開卷有益
- 古人靠閱讀獲得知識
- 活學活用
- 史例：呂蒙讀書
- 重申主題
- 總結
- 鼓勵閱讀
- 陶冶性情
- 學習待人接物
- 研究顯示閱讀能提升文化觸覺
- 平靜心境和減壓

校長爺爺點評

　　《開卷有益》的文題比用閱讀的益處、閱讀的好處、閱讀的樂趣更具吸引力，擬題不錯。

　　作者說明閱讀可以增加知識、活學活用、陶冶性情，說理清晰，更以古人開卷有益事例來勉勵人們要長時間堅持和積累，可見文章很有功力。

好詞補給站

途徑	哲理	積累	增廣見聞	汲取知識
借古鑑今	得心應手	活學活用	陶冶性情	做人處事
待人接物	平靜心境	心境開朗	文化觸覺	一朝一夕

好句補給站

關於閱讀的句子

- 歷史書可以令我們學到過去發生的事件，讓我們借古鑑今，不再犯同樣的錯誤。

- 三國時代將領呂蒙曾因讀書不多而被人看不起，於是他花了一段時間閱讀書籍，視野變得廣闊，計劃戰略時也更加得心應手。

- 讀書以過目成誦為能，最是不濟事。眼中了了，心下匆匆，方寸無多，往來應接不暇。（鄭燮《板橋家書》）

小練筆

假如你是作者，你會怎樣在總結段緊扣「開卷有益」的主題？

改寫：總括而言，____開卷有益____，閱讀對我們的日常生活十分重要。如果你沒有閱讀習慣，可以嘗試找一本感興趣的書籍，可能會學到新的知識，_____。雖然如此，開卷有益的前提是持續而集中地閱讀，閱讀不是一朝一夕的事，是需要長期堅持和積累才見其效啊！_____。

寫作提示

扣題比較常見的方法是運用及重複題目字眼，確保文句的意思不會過分偏離，亦有助於構思時可以想出更切合主題的想法。

事理說明 學習篇

24　求學不是求分數

佳作共賞

升級貼士

本文旨在討論「求學」和「求
分數」兩種求學態度，開首
雖然與「求分數」稍稍相關，
但若能說明與「求學」兩難存
的關係，會更扣緊主題。

① 問句：對社會現況及大眾
心態提出深刻的質問，令人
眼前一亮且加以反思。

正文（第2段）：說明「求學」
可擴闊眼界。

正文（第3段）：說明「求分
數」的態度無助增長知識。

② 比較說明：以求分數的人
與求學的人作對比，說明兩
者的特點與差異，令兩者高
下立見。

　　現今社會中，家長都望子成龍，希望自己的孩子成績名列前茅，長大後能成為「人上人」。因此不少家長紛紛為子女報讀補習班，爭取考得好成績，① 但分數真的能代表一切嗎？

　　在我眼中，求學的真正目的，遠遠比分數重要。「求學」，顧名思義是要追求學問和知識，所謂「學海無涯」，追求知識的路無疑會很漫長。愛迪生年少時成績全班倒數第一，卻在成績外的範疇非常認真求學，如蹲在雞蛋上孵小雞，自製風車，後來他研究出一大發明——電燈泡。他沒有非常注重成績，只是為求知識而認真探究。由此可見，以追求知識為求學目的，可以使眼界變得廣闊，學到的知識也會愈多。

　　② 追求分數的人在學習時只會把有需要的東西硬記入腦中，卻不加以思考，不求甚解，只集中溫習考試範圍內的知識，

更別說會主動學習課本外的知識。這種學習態度，③像成語「囫圇吞棗」，不加咀嚼，生吞活剝地學。雖然這種學習方法或許會令分數提升，但由於根基打得不好，日後可能會不理解或忘記學過的知識，導致跟不上學習進度。

③引用：引用成語強調求分數的人對知識理解籠統含糊，雖然可能享有一時好處，但日後自有壞處。

　　總而言之，求學的目的並非是取得好成績，而是學習知識，故此我們不應過度追求分數，扭曲了學習的真正意義。

總結（第4段）：重申學習的意義，否定「求分數」的態度。

事理說明　學習篇

求學

求分數

思路導航

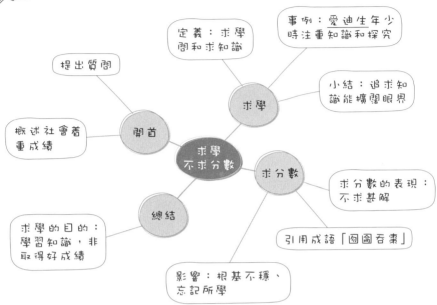

- 提出質問
- 概述社會着重成績
- 開首
- 定義：求學問和求知識
- 求學
- 事例：愛迪生年少時注重知識和探究
- 小結：追求知識能擴闊眼界
- 求學不求分數
- 求分數
- 求分數的表現：不求甚解
- 引用成語「囫圇吞棗」
- 影響：根基不穩、忘記所學
- 總結
- 求學的目的：學習知識，非取得好成績

校長爺爺點評

　　作者引述愛迪生例子，指出他雖然學業成績差，但在成績外的範疇非常認真求學，說明成績與求學不一定有關係，不過求學一定要認真，作者說明得很清楚，這一點十分重要。

　　作者在總結時說：「求學的目的並非是取得好成績，而是學好知識。」清楚解說「求學不是求分數」的真正意義，是一篇好文章。

好詞補給站

報讀	漫長	扭曲	名列前茅	顧名思義
學海無涯	認真探究	硬記入腦	加以思考	不求甚解
學習態度	囫圇吞棗	不加咀嚼	生吞活剝	過度追求

 好句補給站

關於分數的句子

- 這種學習態度，像成語「囫圇吞棗」，不加咀嚼，生吞活剝地學。
- 與其學學拿高分的哲學，不如學學自由時的快樂。
- 社會要先看到你的成績，才願意承認你的成就。
- 我們要幾多學分，才會學分對與錯？

 小練筆

假如你是作者，你會怎樣在開首說明求學與求分數之間的關係？試改寫原文。

改寫：現今社會中，家長都望子成龍，_____

_____

_____

_____，分數真的能代表一切嗎？

事理說明 學習篇

寫作提示

說明文的開首除了開門見山之外，還有許多方法讓自己的想法與題目有更緊密的關聯。例如先指出自己認為「求學」與「求分數」之間有甚麼關係，再透過比喻令兩者之間的關係更形象化；又例如可運用引用說明，引用一些與「求學」和「求分數」相關的言論與資料，解釋自己的看法。

25 學校應否取消所有考試

組織及寫作手法

開首（第1段）：藉排比入題，列舉人們對考試的不同看法，然後表達自己的看法。

① 排比：透過三種比喻說明三種對考試的看法，令說明更有條理。

正文（第2段）：說明考試反映學習情況。

升級貼士

說理文章必須確保事理準確得當，不宜出現有爭議的描述。例如科舉與考試的存在，不反映人們對其信賴與否。為了言之成理，作出相關描述時需要加以說明。

正文（第3段）：說明考試是古今中外用來選拔人才的重要方式。

佳作共賞

① 有人說考試就像洪水猛獸一樣，非常可怕；又有人說考試平凡得如白開水一般，習以為常；更有人說沒考過試的人，就如沒登過長城，不是好漢！你是如何看待考試的呢？學校應否取消所有考試？我是不贊同的，理由如下：

首先，考試能反映學生的學習情況。學生可透過考試結果檢視自己對知識掌握的情況，知道學習的不足之處，再將勤補拙。若是在考試中取得好成績，還能提高自信心，獲得滿滿的成功感，更可推動自己奮發向上。而學校老師也可透過考試，評核學生的學習情況及學習能力，藉此調整教學，因材施教。由此可見，考試有其重要的意義。

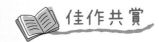其次，考試是公認最客觀的人才選拔方式。由古代的科舉制度到現今的考試制度，無一不在告訴我們，考試是人們信賴的選拔人才方式。再看世界各國，文化差異之大，卻在選拔人才的方法上不謀而合。不管小學、中學或是大學，他們校內

都設置不同形式考試分辨各類人才。✦綜觀社會各方面的人才，他們多在學校考試競爭中脫穎而出。由此證明，人們已習慣用考試這種值得信賴的方式選拔人才。

　　然而，不少人埋怨考試給人帶來極大壓力，還會導致疾病。但你可知，壓力是生活中不可或缺的部分？積極面對才是正道啊！②美國史丹福大學心理學家凱利‧麥格尼格爾教授曾在暢銷書《自控力：和壓力做朋友》提及壓力有長短之分，而考試屬於短期壓力，也是良性壓力，能夠帶給人們應對挑戰的正能量。所以，考試有助鍛煉學生的心理質素，激發更好表現，還能為學生將來踏入社會做好準備。

　　總括而言，考試在各方面都扮演重要的角色，它是客觀公正的評核方式，在學生的成長中有着重要的意義。③因此，我認為學校不應該取消所有考試！

正文（第4段）：說明考試壓力對學生有益。

② 引用說明：引用可信著作的理論，為壓力分類，將考試歸類為短期及良性壓力，令考試的好處更加可信。

總結（第5段）：綜合說明過的好處，重申看法。

③ 強化觀點：以感歎句強調自己的感情與想法，在文末留下更深刻的印象。

事理說明　學習篇

思路導航

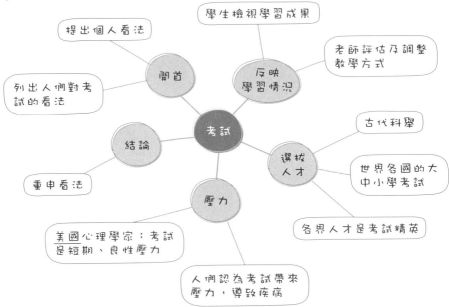

學生檢視學習成果

老師評估及調整
教學方式

提出個人看法

開首

反映
學習情況

列出人們對考
試的看法

古代科舉

考試

選拔
人才

世界各國的大
中小學考試

結論

重申看法

壓力

各界人才是考試精英

美國心理學家：考試
是短期、良性壓力

人們認為考試帶來
壓力，導致疾病

校長爺爺點評

　　《學校應否取消所有考試》這道題目
中，是否應該有「所有」兩字，我以為值得
商榷，因為這會增加學生寫作的難度。

　　作者能說出學校考試既能令學生檢視
自己對知識的掌握，知道不足之處，或推
動自己奮發向上；老師也可藉此知道如何
調整教學方法，說理明確，文章寫得很好。

好詞補給站

贊同	信賴	洪水猛獸	習以為常	將勤補拙
奮發向上	因材施教	人才選拔	文化差異	不謀而合
脫穎而出	不可或缺	積極面對	短期壓力	應對挑戰

 好句補給站

關於考試的句子

- 再看世界各國，文化差異之大，卻在選拔人才的方法上不謀而合。不管小學、中學或是大學，他們校內都設置不同形式考試分辨各類人才。

- 高分的考生是相似的，考得不好的同學各有各考得不好的原因。只是總是來不及悲傷，就要匆匆準備下一場考驗。到了最後，除了分數，學期的一切都不復存在。

- 考試如精油萃取，壓碎許多青春的花瓣，只為百分之一的精華。

 小練筆

社會上有考試成績不好的人才嗎？試舉例說明。

寫作提示

寫說明文前有可能需要做資料搜集，但要先確保資料正確，然後仔細思考資料與文章主題有甚麼關係，並具體說明出來。

事理說明 學習篇

26 閱讀課外書的好處

 佳作共賞

① 引用說明：在文章開首透過名句說明書籍的意義及作用，不但提升說服力，亦能快速而巧妙地進入主題，吸引讀者追看。

正文（第2段）：說明閱讀能學人生道理。

② 並列句：透過並列句及感歎句說明自己從有關書籍得到的領悟，令情感更真摯，同時說明面對困難時可以如何不放棄。

正文（第3段）：說明閱讀能提高寫作能力。

③ 舉例說明：透過各類例子說明閱讀的好處，讓讀者更明白文章說明的是甚麼課外書，亦有推薦書本、鼓勵閱讀的效果。

①法國文學家雨果曾經說過：「書籍是造就靈魂的工具。」閱讀課外書可以擴闊一個人的思維，豐富一個人的內在，是我們汲取知識的重要途徑。究竟閱讀課外書有甚麼好處？現在讓我從以下三方面來說說吧！

首先，閱讀課外書可以讓我們學會許多人生道理。閱讀童話故事如《快樂王子》，令我明白到「助人為快樂之本」的真正意義。閱讀心靈勵志書如《擁抱力克》，讓我領悟到我們做人做事，難免有時候會跌倒，②只要不放棄，轉個角度去看，換個方法去做，世上無難事啊！因此，閱讀課外書可以讓我們學會許多人生道理。

其次，閱讀課外書也可以提高我們的寫作能力。閱讀一些文學作品、小說、散文集等，我們可以學到豐富的詞彙、不同的修辭手法。③例如：冰心的散文集、馬翠蘿的《兒童文學作品精選集》，從中我們學到許多佳句、諺語和寫作技巧，可應用

在日常作文中。因此，閱讀課外書可以提高我們的寫作能力。

　　最後，閱讀課外書能加強我們的邏輯推理、思維能力。閱讀一些偵探小說如《福爾摩斯》，我們會跟主角一起尋找線索，透過邏輯推理和細心分析，逐一破解案件的謎團。閱讀一些智力書，如《腦力王》，可以通過書中的題目，訓練我們的思維能力。所以，閱讀課外書可以提升我們的邏輯推理、思維能力。

　　總而言之，閱讀課外書既可以讓我們學會許多人生道理，又可以提高我們的寫作能力，還可以加強我們的邏輯推理、思維能力。既然閱讀課外書有這麼多好處，我們就應養成每天閱讀的習慣，充實自己的生活。

正文（第4段）：說明閱讀能加強邏輯思維。

升級貼士

引用書籍作為例子時，可以簡述書籍內容，並明確指出有關書籍是用來說明甚麼看法或事理。

總結（第5段）：綜合說明過的好處，鼓勵讀者閱讀課外書。

事理說明　學習篇

26 閱讀課外書的好處　103

思路導航

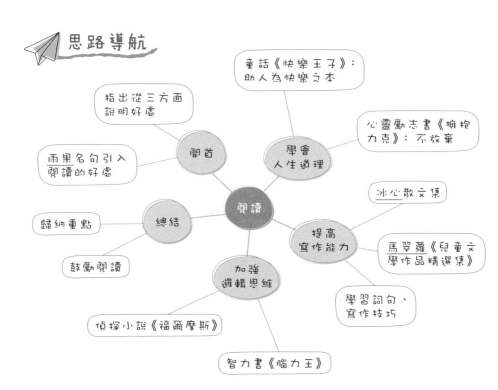

指出從三方面說明好處

雨果名句引入閱讀的好處

童話《快樂王子》：助人為快樂之本

心靈勵志書《擁抱力克》：不放棄

開首

學會人生道理

閱讀

冰心散文集

總結

提高寫作能力

馬翠蘿《兒童文學作品精選集》

歸納重點

鼓勵閱讀

加強邏輯思維

學習詞句、寫作技巧

偵探小說《福爾摩斯》

智力書《腦力王》

校長爺爺點評

> 　　一篇好的文章，要具有說服力。本文作者除了引用名人，如法國文學家雨果的名句外，還引用了很多書籍作品來支持他的說法，這不但增加文章說服力，也反映作者是個認真的人。

好詞補給站

領悟	汲取知識	重要途徑	人生道理
做人做事	轉個角度	換個方法	邏輯推理
尋找線索	細心分析	逐一破解	世上無難事

好句補給站

關於人生感悟的句子

- 我們做人做事，難免有時候會跌倒，只要不放棄，轉個角度去看，換個方法去做，世上無難事啊！

- 長大後會知道，「長大後會知道」是一句謊言。

- 人生是不必知道一切事情，仍然可以看看風景。

小練筆

試舉出一本課外書為例，說明「助人為快樂之本」的道理。

我讀過一本書，名叫《＿＿＿＿＿＿＿＿》。

這本書令我明白到「助人為快樂之本」的真正意義，內容講述＿＿＿＿＿＿＿＿＿

＿＿＿＿＿＿＿＿＿＿＿＿＿＿＿＿＿＿

＿＿＿＿＿＿＿＿＿＿＿＿＿＿＿＿＿。

這本書令我學會，＿＿＿＿＿＿＿＿＿

＿＿＿＿＿＿＿＿＿＿＿＿＿＿＿＿＿。

寫作提示

在說明文中引用書籍時，要先對書籍有合理理解，然後簡單提及書籍的內容，再說明內容與事理的關係。

事理說明 學習篇

27 做個誠實人

組織及寫作手法

 佳作共賞

開首（第1段）： 藉問句入題，指出一般人對誠實的理解，逐步切入自己的看法。

正文（第2段）： 定義誠實，說明誠實帶來信任和機會。

① **定義說明：** 定義誠實的本質，使讀者對誠實的意義有更明確的認知。

② **頂真：** 透過頂真句將「誠實」、「信任」及「機會」串連起來，令當中的邏輯關係更緊密。

正文（第3段）： 說明認錯也是誠實的表現。

　　你知道甚麼是誠實嗎？大部分人都會答：「我當然知道甚麼是誠實。」但是他們其實只明白誠實的「表層」，對誠實一知半解，不明白誠實的真正意義。

　　① 誠實是指凡事忠於事實，不偏左右，例如：不作弊、不偷竊，不掩蓋事實等。正如高爾基所說：「誠實永遠是人生最好的品格。」誠實是獨一無二的，② 因為誠實帶來信任，信任帶來機會。任何事情都倚靠信任，而信任的關鍵是誠實，所以誠實是無可代替的。誠實對人生很重要，不能等閒視之！

　　能承認錯誤也是一種誠實。在學校裏，有同學帶錯書就帶錯書，沒帶就沒帶，他們都如實告知老師。不過，亦有些同學躲躲藏藏，不告知老師。其實這體現了同學能否自覺地誠實，不記名，你會心安理得嗎？我們要緊記「紙包不住火」，你瞞過了今天，還能瞞過明天嗎？

小作家檔案

姓名：周樂瑤　　年級：六年級

學校：聖公會將軍澳基德小學

　　你試過被「美麗謊言」瞞騙過嗎？很多人認為「美麗謊言」出於好心，不想別人傷心、痛苦。不過這些都是為謊言「說好話」，謊言就是謊言，說話不能為了當下才說。亦有人說「美麗謊言」是為了顧全大局，所以這種謊言彷似「黑白兩道」的勝利者。可是，一旦開始說謊話，事情便會一發不可收拾，後果可能更嚴重，那麼我們為何要說謊呢？

　　誠實可以得到別人的信賴，得到更多尊重和信任。「誠實守信，快樂人生！」③來吧！來吧！做個誠實人，你的人生會變得更好，世界也會變得更美好。

正文（第4段）：通過否定「美麗謊言」，說明不誠實的後果。

🎯 升級貼士

說明抽象的事理時，不妨舉出真實具體的事例，令讀者更容易明白。例如現實生活中有甚麼「美麗謊言」？為甚麼誠實可能令人「傷心、痛苦」？說謊會帶來甚麼心理上或現實中的後果？

總結（第5段）：歸納本文說明過的誠實好處。

③呼告：改變說明的語調，想像讀者在面前，直接呼喊，呈現同學想調動讀者情感、鼓勵讀者誠實的渴望。

事理說明　價值篇

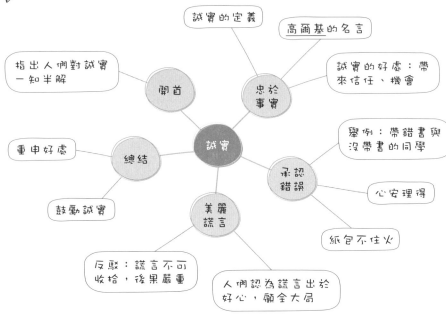

誠實的定義

高爾基的名言

誠實的好處：帶來信任、機會

指出人們對誠實一知半解

開首

忠於事實

誠實

總結

承認錯誤

舉例：帶錯書與沒帶書的同學

重申好處

心安理得

鼓勵誠實

美麗謊言

紙包不住火

反駁：謊言不可收拾，後果嚴重

人們認為謊言出於好心，顧全大局

校長爺爺點評

　　作者循序解釋誠實的定義：誠實是忠於事實、誠實是肯承認錯誤、誠實不能說「美麗謊言」，說理清楚，最後呼籲大家做個誠實的人，令人生和世界都變得美好。

　　作者更引用高爾基的說話：「誠實永遠是人生最好的品格」，有說服力，寫得很好。

好詞補給站

說好話	一知半解	忠於事實	不偏左右	獨一無二
無可代替	等閒視之	如實告知	躲躲藏藏	心安理得
美麗謊言	誠實守信	紙包不住火	一發不可收拾	

 好句補給站

關於虛假的句子

- 誠實是指凡事忠於事實，不偏左右，例如：不作弊、不偷竊、不掩蓋事實等。
- 我們甚麼真相都可以講，不必失望，不必怕世界如化妝一樣繼續說謊。
- 小信誠則大信立。(《韓非子‧外儲說左上》)

 小練筆

你聽過甚麼「美麗謊言」？試舉一個例子。說這些謊言的結果是甚麼？

很多人認為「美麗謊言」出於好心，不想別人傷心、痛苦。例如＿＿＿，

於是說了虛假的理由。後來，＿＿＿＿＿＿＿＿＿＿＿＿＿＿＿＿＿＿＿＿＿＿＿＿＿＿＿＿＿

寫作提示

說明抽象的事理時，比較和舉例都是令讀者更易明白的好方法。前者可以讓讀者知道該事理的相反情況，後者是藉例子把事理說得具體明白。

事理說明 價值篇

28 論誠實

組織及寫作手法

佳作共賞

開首（第1段）：藉問句入題，先肯定誠實的重要，但亦思考誠實的限制與說謊的本質。

① 多元思考：雖然肯定誠實的重要，同時亦思考出嶄新而獨特的說明角度，令讀者得到啟發。

正文（第2段）：說明「白色謊言」出於禮貌及好意。

② 數據說明：透過具體的平均時間和數字，說明說謊情況普遍，為接下來解釋這些謊話的合理動機提供有力的數據，增加說服力。

正文（第3段）：說明誠實人在社交時面對的難處。

大家有沒有曾經因坦率直言而被人怪責？雖然我必須同意：誠實很重要。① 但正所謂「在適當時候、地方，做適當事情」，現今社會是否真的可以每時每刻都感謝和接納「誠實」呢？而「說謊」的本質又是否必然是壞呢？

其實，說謊的原意可能只是出於禮貌和好意。在現今社會，大家難以避免參與各種社交活動，運用適當而不過分的「白色謊言」未必是一件壞事。② 美國麻省大學於二零零二年做了一項研究，錄影了不同大學生在社交場所或高級地方與陌生人的對話，再播放給他們看，發現他們平均每十分鐘說三個謊話。當然，說謊話的動機大多是出於好意，一是避免令對方尷尬，二則是建基於社交禮貌。

另外，亦有研究顯示能言善道者較受人歡迎，但其坦誠程度也較低。相反，誠實的人有時會被指責粗疏、傲慢，甚至不禮貌，在社交上常抹一鼻子灰。有心理學家指出，正正是這些原因，令到無數

小作家檔案

姓名：陳晞程　　年級：六年級

學校：聖公會仁立紀念小學

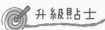

升級貼士

說明較獨特的想法時，運用說明手法及材料需要更加小心，確保說明內容真實可信，減少讀者的質疑或疑惑。例如可以簡單說明相關研究的背景資料、有關心理學家的身份等。

誠實的人患上抑鬱，久久不能康復。③即使沒有患上抑鬱，誠實者經常因自己的「口舌」被人排斥，成為社交上邊緣人，終日笑不起來。不拉到這麼遠了，若果你辛勞一天後，家人或朋友知道你辛苦，特意為你烹調晚餐。你明白對方的好意，無論食物多難入口，你也說不出狠話吧？

③ 借代：以「口舌」借代口中說出來的話，吸引讀者注意。

先不說社交方面了，你知道謊言有助健康嗎？不只是心理健康，連生理上的疾病都有幫助。「自我欺騙」對健康十分重要，曾有研究將完成心臟病鐳射治療手術的病人分為兩組，甲組的病人獲發止痛藥，而乙組只獲發了糖果。經過一個月觀察，吃藥的人固然康復，但乙組的病人竟然也康復了！因為乙組病人一直以為自己在吃真藥，所以沒有疑神疑鬼，心靈健康，身上的病痛也更快痊癒啦！這也是為何有些醫生不會和病人坦白疾病的輕重，只會叮囑他們戒口、定時吃藥等等。病人心理壓力沒有那麼大，疾病也可以快點康復。

正文（第4段）：說明「謊言」對心理及生理健康都有幫助。

事理說明　價值篇

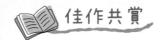

正文（第 5 段）： 說明說謊不是自私而是為人設想。

但遺憾的是，現時「說謊」二字已經被普羅大眾定義為缺點了。人們認為善意的謊言只不過是美化心中的自私和慾望，正如小孩為逃避責罰而說謊那樣。但事實真的是這樣嗎？例如在父母或朋友生日時，你贈送了一份貴重的禮物給對方。當對方問到價錢時，你卻會自然地回一句：很便宜，二手店買的等等。那為何要刻意壓低價錢呢？這樣應該對自己沒有好處啊？正是因為想對方安心地收下禮物。所以有時候，不誠實只是想對方沒有負擔，是為人設想的表現而已。

正文（第 6 段）： 說明在適當時候說謊，可使謊言成好事。

④ **前後呼應：** 同樣以醫生例子的不同情況，說明說謊可能的好處及否定說謊必然令人不能停止，使不同段落有連貫，並啟發讀者對同樣的例子思考不同的可能。

亦有人批評說謊會令人走火入魔，不能停止。④ 但以剛才的醫生為例，病人可能一時三刻接受不了病情，還有龐大的醫療費用，加上身患重病，後果可能不堪設想。其實只要明白和提醒自己，只有在為人設想時、沒有更佳方法的時候、沒有壞的意圖時，才可以說謊。只要人們好好控制自己，漸漸就會發現謊言的好處。

總結（第 7 段）： 從誠實與謊言的對錯引申至世事無對錯，說明凡事都可以是一體兩面。

最後，我想提醒大家，世上沒有真正的對錯，只有適合和不適合，因為凡事都有灰色地帶。出發點好，用合適的方法時，加入一點「白色謊言」或許真的有幫助。希望日後人們明白到謊話的壞處，也看得清謊言的「美」。

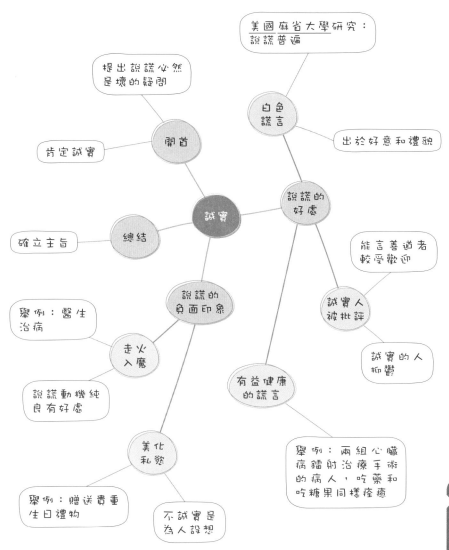

美國麻省大學研究：
說謊普遍

提出說謊必然
是壞的疑問

白色
謊言

肯定誠實

開首

出於好意和禮貌

誠實

說謊的
好處

總結

能言善道者
較受歡迎

確立主旨

說謊的
負面印象

誠實人
被批評

舉例：醫生
治病

走火
入魔

誠實的人
抑鬱

說謊動機純
良有好處

有益健康
的謊言

美化
私慾

舉例：兩組心臟
病鐳射治療手術
的病人，吃藥和
吃糖果同樣痊癒

舉例：贈送貴重
生日禮物

不誠實是
為人設想

校長爺爺點評

　　本篇文章是全書最長的一篇，可說內容最豐富。作者在解說時引用了很多事例：如美國麻省大學研究、心理學家意見、病人接受心臟病鐳射治療手術後的個案研究、送贈貴重生日禮物的例子，大大增加了文章的說服力。作者解說層次鮮明，是一篇極好的文章。

 好詞補給站

粗疏	傲慢	口舌	坦率直言	每時每刻
白色謊言	社交禮貌	能言善道	疑神疑鬼	普羅大眾
走火入魔	一時三刻	不堪設想	為人設想	抹一鼻子灰

 好句補給站

關於誠實的句子

- 所以有時候，不誠實只是想對方沒有負擔，是為人設想的表現而已。
- 一切謊言消散後，僅餘誠懇可長久。
- 是謂是，非謂非，曰直。（《荀子·修身》）

 小練筆

你認為誠實有壞處嗎？試運用引用說明或其他說明手法談談你的想法。

寫作提示

如果說明的主題抽象、獨特或複雜時，需靈活運用各種說明手法，而且要求和難度亦會更高。例如運用引用說明，有時候只需直接引用名言名句，但有時候則要嚴格地說明來源、背景等資料，減少爭議的可能。

薪金和興趣

組織及寫作手法

開首（第1段）：藉兩個問句入題，定義及對比金錢與興趣，帶出兩者皆為選職業的考慮因素，並表達個人選擇。

① 定義說明：透過在文章開首定義金錢和興趣，使首段在結構上反映出兩者差異，令說明的主題更清晰。

正文（第2段）：比較說明興趣為先與薪金為先。

② 反問：說明薪金為先的壞處，然後向讀者提問，令答案不言而喻，更能啟發讀者思考，使文章耐人尋味。

正文（第3段）：說明興趣為先的例子。

③ 舉例說明：以歷史名人例子說明主題，令讀者加深理解，並得到更多思考空間。

佳作共賞

①何謂金錢？金錢是交易工具，也是抽象的物品。幾乎任何東西都可以換為金錢，而金錢也幾乎可以換為任何東西。何謂興趣？興趣是指由愛好產生的一種積極情感。每個人長大後都要選擇職業，但選擇職業有很多考慮因素。有人認為應以薪金為先，也有人認為應以興趣為先。你認為應以甚麼為先呢？我認為興趣為先。

著名醫生史懷哲說過：「世上真正有價值的事物，需要熱情和犧牲才能完成。」為興趣而工作，才會有熱情和滿足，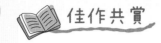這比得到豐厚薪金更值得我們追求。英國小說家薩克雷也說過：「金錢可以買到『娛樂』，但不能買『快樂』。」②即使人們擁有很多金錢，要是他們正做着自己不喜歡的事情，也不能感受到真正的快樂和滿足，試問這樣的人生還有意義嗎？

人生最美好的事情，就是做自己想做的事情。南丁格爾是個好例子。從前護士被視為低下的工作，③但南丁格爾不顧父

小作家檔案

姓名：盧梓欣　　年級：六年級

學校：聖公會油塘基顯小學

母反對，堅決要成為一位護士，從事自己感興趣的護理工作。她不但成為了一位好護士，更創辦了世界上第一所正規的護士學校，改變了人們對護士的看法。

「一個人的價值，應當看他貢獻甚麼，而不應該看他取得甚麼。」這句話是科學家愛因斯坦說的，意思是人們應該貢獻社會，而不是索取，只有貢獻才能體現自身價值，才會得到人們尊重。可惜現在有些人只考慮自己能賺取多少薪金，而不會考慮自己能為社會作出甚麼貢獻。

正所謂「行行出狀元」，如果興趣能寓於工作的話，只要選擇自己喜歡的工作，無論身處哪個行業，人們做事不僅會顯得勤奮，連繁瑣的工作也會非常樂意和開心地完成，憑着熱情和幹勁，更容易獲得成就。總而言之，選擇職業應以興趣為先，不僅可以令人容易得到滿足感，連生活也變得更多姿多彩。因此，我認為選擇職業時，應該以興趣為先。

正文（第4段）：說明薪金為先的壞處。

 升級貼士

在說明文中，代詞與句子結構能反映文章背後的邏輯是否清晰。如果句子所指未明，可能反映對段落乃至說明內容的思考未完整。例如在第2段有「這比得到豐厚薪金更值得我們追求」一句，「這」代表「為興趣工作」，還是「熱情與滿足」？如果是二擇其一，引用著名醫生的名句與說明主題有何關係？

總結（第5段）：重申興趣為先的好處與個人選擇。

事理說明　價值篇

思路導航

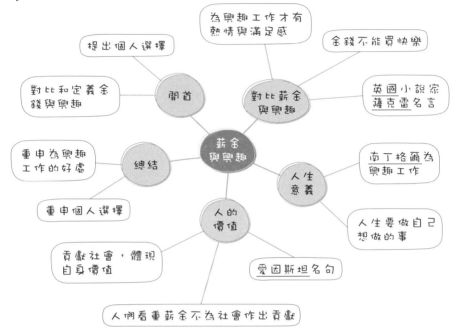

開首
- 提出個人選擇
- 對比和定義金錢與興趣

對比薪金與興趣
- 為興趣工作才有熱情與滿足感
- 金錢不能買快樂
- 英國小說家薩克雷名言

人生意義
- 南丁格爾為興趣工作
- 人生要做自己想做的事

人的價值
- 愛因斯坦名句
- 人們看重薪金不為社會作出貢獻
- 貢獻社會，體現自身價值

總結
- 重申為興趣工作的好處
- 重申個人選擇

薪金與興趣

校長爺爺點評

作者引用了史懷哲醫生、小說家薩克雷、護士之母南丁格爾和科學家愛因斯坦的說話或事跡，強而有力地支持自己的論點，是一篇精彩的說理文。

好詞補給站

愛好	著名	熱情	犧牲	娛樂
堅決	從事	創辦	繁瑣	幹勁
考慮因素	豐厚薪金	自身價值	多姿多彩	行行出狀元

好句補給站

關於金錢的句子

- 即使人們擁有很多金錢，要是他們正做着自己不喜歡的事情，也不能感受到真正的快樂和滿足，試問這樣的人生還有意義嗎？

- 英國小說家薩克雷也說過：「金錢可以買到『娛樂』，但不能買『快樂』。」

- 天生我才必有用，千金散盡還復來。（李白《將進酒》）

小練筆

你認為選職業時薪金與興趣哪個為先？試運用引用說明解釋。

> 我認為選職業時應（薪金／興趣）為先。＿＿＿＿＿＿＿＿＿＿＿＿＿
>
> ＿＿＿＿＿＿＿＿＿＿＿＿＿＿＿＿＿＿＿＿＿＿＿＿＿＿＿＿說過：
>
> 「＿＿＿＿＿＿＿＿＿＿＿＿＿＿＿＿＿＿＿＿＿＿＿＿＿＿＿＿。」
>
> ＿＿＿＿＿＿＿＿＿＿＿＿＿＿＿＿＿＿＿＿＿＿＿＿＿＿＿＿＿＿＿
>
> ＿＿＿＿＿＿＿＿＿＿＿＿＿。因此，選職業時應（薪金／興趣）為先。

寫作提示

運用引用說明前，先要確保資料來源正確可信，甚至查有關句子的語境，即在甚麼情況下、談論甚麼時出現的。引用時，要以自己的文字簡單解釋句子與文章之間的關係。

事理說明　價值篇

30 論恆心

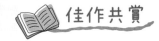 佳作共賞

「只要有恆心，鐵杵磨成針。」這個耳熟能詳的句子，大家一定聽過不少次吧。但是，甚麼是恆心呢？恆心是指意志堅定，不見異思遷。

 升級貼士

◎ 恆心是成功的基石。我國 ① 古代大書法家王獻之兒時曾問母親有關父親王羲之寫得一手好字的祕訣。母親說：「只要你每天用院子內那十八個大水缸的水磨墨寫字，等你把缸裏的水全用完後，就會知道父親寫字的祕訣了。」自此，王獻之勤學苦練，最終成為了大書法家。由此可見，只要我們做事有恆心，一定能成功。

◎ 再者，恆心是無形而威力甚大的理念。海倫・凱勒是一名美國作家、社會運動家和講師。她小時候因一次急性腦充血而失明失聰，但她沒有自暴自棄，在導師安妮・莎莉文的耐心教導下，漸漸地學會了如何與人溝通，最後更入讀哈佛大學。這個事例說明了，即使天生身體有殘缺，仍然能靠恆心取得成功。

　　🎯還有，恆心助人達成目標。有些人做任何事都沒有恆心，容易半途而廢，令「夢想」變「空想」。萊斯是一名發明家，他曾與貝爾合作，嘗試發明一個能用電傳遞聲音、與人溝通的機器，②但後來卻因為裝置上一枚螺絲少鑽了二分之一圈——大約只差零點五毫米，而無法成功製成，最後更放棄了這項發明。而貝爾卻繼續鑽研下去，更發現了出錯的位置，最後成功發明了電話。這件事證明了恆心的重要。

　　總括來說，只要我們做任何事都有恆心，就一定會成功。③牛頓曾說：「一個人如果做任何事沒有恆心，他是任何事也做不成功的。」愛因斯坦也曾說過：「耐心和恆心總會得到報酬的。」就讓我們懷着一顆恆心，往成功道路的終點進發吧！

正文（第4段）：說明恆心助人達成目標。

② 比較說明：透過比較兩位發明家的發明經過，說明恆心對成功或失敗的影響，令人明白恆心有助達成目標。

總結（第5段）：透過名句鼓勵讀者只要有恆心即可成功。

③ 引用說明：引用科學家名句，從正面及反面說明有恆心與沒恆心的分別，在最後為文章留下可信的印象。

事理說明　價值篇

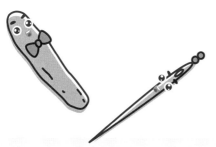

30 論恆心　121

思路導航

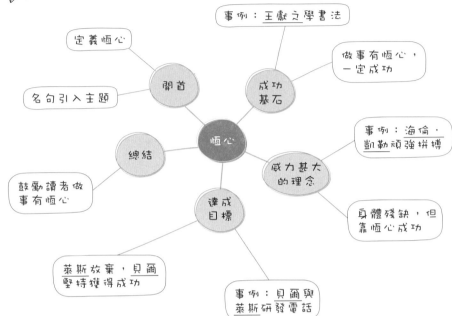

事例：王獻之學書法

開首
- 定義恆心
- 名句引入主題

成功基石
- 做事有恆心，一定成功

恆心

威力甚大的理念
- 事例：海倫‧凱勒頑強拼搏
- 身體殘缺，但靠恆心成功

總結
- 鼓勵讀者做事有恆心

達成目標
- 萊斯放棄，貝爾堅持獲得成功
- 事例：貝爾與萊斯研發電話

校長爺爺點評

作者開首說出了恆心的要義，並以多位名人事跡，舉例說明做事要有恆心的重要性，是一篇不可多得的好作品。

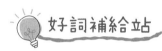

好詞補給站

祕訣	空想	進發	耳熟能詳	意志堅定
見異思遷	勤學苦練	威力甚大	自暴自棄	耐心教導
半途而廢	繼續鑽研	成功道路	只要有恆心,鐵杵磨成針

好句補給站

關於恆心的句子

- 「只要有恆心,鐵杵磨成針。」這個耳熟能詳的句子,大家一定聽過不少次吧。但是,甚麼是恆心呢?恆心是指意志堅定,不見異思遷。

- 別等待剎那的靈感,要期待忍耐的恆心。

- 咬定青山不放鬆,立根原在破岩中。千磨萬擊還堅勁,任爾東西南北風。(鄭燮《竹石》)

小練筆

假如你是作者,你會怎樣寫每段正文的主題句?

1. 首先,恆心＿＿＿＿＿＿＿＿＿＿＿＿＿＿
＿＿＿＿＿＿＿＿＿＿＿＿＿＿＿＿＿＿。

2. 再者,西方亦有恆心帶來成功的例子。

3. 還有,科學界的事跡也告訴我們,＿＿＿＿
＿＿＿＿＿＿＿＿＿＿＿＿＿＿＿＿＿＿
＿＿＿＿＿＿＿＿＿＿＿＿＿＿＿＿＿＿
＿＿＿＿＿＿＿＿＿＿＿＿＿＿。

寫作提示

主題句除了可以配合「首先、其次、再者」等標示語,亦可承接上段內容,按照說明角度區分段落各自的重點。

事理說明 **價值篇**

「小練筆」參考答案

1 筆的家族

（1）我的頭上戴着一頂白色帽子，藍色肚子裏裝滿雪白的塗改液。

（2）小主人寫錯字時，就會摘下我的帽子，再搖一搖我，然後對着錯誤的地方擠一下我的肚子，讓塗改液流出來，覆蓋在錯誤的地方，待塗改液乾了後就可以重新再寫。

2 智能書包

這款智能書包設有指紋解鎖功能。（有甚麼配件？）書包的開口處有一個細小的四方形裝置，（怎樣操作？）只要把手指放在裝置上，開口就會自動打開。（有甚麼用途？）這個裝置只有書包主人的指紋才能打開，不容易被別人打開和偷東西，有保安作用。

3 我設計的玩具

航航具備智能助理功能。只要說一聲「你好，航航」，航航就會跟你對話。你可以跟航航分享日常生活的事情，有時它會給予你建議，有時它會說笑話逗你高興，有時它會為你找資料，就像老師、父母和朋友一樣。

4 我的玩具

把三根木塊並排放在一起，交錯疊高成木塔。然後，玩家輪流抽取任何一層的木塊。最後，把抽取出來的木塊放在木塔的頂層。如果在抽取和放置木塊的過程中，木塔倒塌便算輸。

5 我最喜歡的動物

牠的頭頂有兩隻角，身上背着重甸甸的「房子」，走起路來慢吞吞。

動物：蝸牛

6 奇妙的貓

（1）肉食性動物

（2）貓與兇猛的老虎同屬貓科動物，雖然野貓的體形比老虎細小得多，但牠們的捕獵本領毫不遜色。貓捕獵時會先埋伏，等待時機成熟再迅速

捕捉獵物。有時，牠們會猛烈撞擊獵物，再用尖銳的牙齒咬住獵物的頸部，以殺死獵物。

7　有趣的中華白海豚

中華白海豚是如此有趣、聰明和團結，難怪這麼多人喜愛。可是近年填海、水質污染等問題，令海豚瀕臨絕種。希望政府和市民同心合力，好好保育中華白海豚，令牠們安心地生活下去。

8　我最喜愛的街頭小食

我很喜歡吃雞蛋仔，因為它外面香脆，裏面鬆軟，有一股濃郁的蛋香味道。

9　特別的榴槤

我是一個紅蘋果，有圓鼓鼓的身形，平日最愛穿着紅豔豔的外衣。雖然我看起來有點胖，但我的肉又白又甜，散發着淡淡香味，還含有豐富的維生素 C、E 等，對人類的身體十分有益。

10　陸路交通特工隊

香港的小巴有兩大家族——紅色家族和綠色家族。雖然現時紅色家族只有991 位成員，與綠色家族 3267 名成員相比有點人丁單薄，不過綠色家族只可以在固定路線行走，紅色家族則可以行駛香港各區，自由自在得多了。

11　比薩斜塔

比薩斜塔是意大利著名建築物，也是世界遺產之一。它是一座八層高的圓柱形鐘樓，建造至今已有八百多年，因「斜而不倒」的塔身而聞名世界。這座獨特的斜塔到底是怎樣建造起來的呢？

12　水的自述

獅子山是香港著名山峯，一曲《獅子山下》唱出香港人的生活寫照，唱出香港人的拼搏精神，使獅子山成為香港的地標之一。

13 活得健康

聽最喜歡的音樂可以（如何？）令我回想起第一次聽到這首歌曲的時刻，可以（然後如何？）令我忘記當下的煩惱，達到舒緩壓力的效果。

14 養成健康的生活習慣

「運動金字塔」是給不習慣運動的人開始進行規律練習的一種指引，以最應常做的「日常生活體力活動」為底，然後是第二層「帶氧運動」，第三層「柔軟度及肌肉訓練」，到最高應該最少做的「靜止狀態」。

15 小五學生應該怎樣舒緩壓力

小五學生要舒緩壓力可以試試多睡眠（方法）。（說明）有些同學隨年紀漸長，休息時間漸少，面對的問題漸多。充足睡眠並不單純是身體需要，亦能使心境平靜，令同學更有精神面對壓力與挑戰。

16 如何舒緩壓力

喝茶是個好方法，可以令人平靜下來，釋放壓抑的情感，有助舒緩壓力。

17 運動的好處

而且比許多運動簡單方便，實在事半功倍！你看完這篇文章後會想跑步嗎？不論各位是否喜歡跑步，都希望大家能多做運動，保持身體健康！

18 大自然的警示

天災：颱風

事例：在二零一八年，颱風「山竹」吹襲時，香港天空出現火燒雲。

說明：颱風的氣流會令雲層水份增加，只有波長較長的紅、橙黃光可以穿透，為天空染上晚霞，可見大自然會在颱風來襲前透過雲朵發出警示。

19 沉迷網絡世界的後果

長期沉迷網絡世界，可能會減少與家人溝通和玩樂，以致不了解對方的近況，聊天的話題也逐漸減少，結果家人之間的感情愈來愈淡薄，家庭問題也愈來愈多。

20 論遊戲機

《胡鬧廚房》是多人合作遊戲，要求玩家在指定時間完成及送出餐點，當中不但要完成全套烹飪過程，更要考驗團體合作，分工在最短時間完成最多步驟

21 科技改善生活

科技產品不但能提升效率，還能讓人愉快學習，更能為醫療帶來重大突破

22 看電視對青少年的影響

一家人看《闔家做廚神》，同時可欣賞不同文化背景的家庭，怎樣以不同的烹飪方法互相比試，與家人在溝通和合作的同時，克服一個個有趣的挑戰。

23 開卷有益

總括而言，開卷有益，閱讀對我們的日常生活十分重要。如果你沒有閱讀習慣，可以嘗試找一本感興趣的書籍，可能會學到新的知識，<u>體驗閱讀為我們帶來的益處</u>。雖然如此，開卷有益的前提是持續而集中地閱讀，閱讀不是一朝一夕的事，是需要長期堅持和積累才見其效啊！<u>相信開卷有益嗎？一起試看看。</u>

24 求學不是求分數

比起學習的目的與意義，他們更在意子女的成績是否名列前茅，甚至到了不問過程只問結果的程度。在分數上成為「人上人」，代表他們是學習上的「人上人」嗎？恐怕並非必然。補習班可以幫你考到好成績，但能幫你學到大學問嗎？更重要是

25 學校應否取消所有考試

<u>美國歌手阿姆</u>曾因成績太差而留級重讀，十七歲時更輟學追夢，後來獲得奧斯卡金像獎「最佳電影歌曲獎」及十五個格林美獎。

26 閱讀課外書的好處

我讀過一本書，名叫《第二十一頁》。這本書令我明白到「助人為快樂之本」的真正意義，內容講述有位老師在病牀上，想起多年前一位學生學到課本第二十一頁時突然離開。他希望那位學生能把課文學完，於是他身邊的學生幫助他找回那位同學。這本書令我學會，如果我們幫助人，別人也會幫你，最後一同得到快樂。

27 做個誠實人

很多人認為「美麗謊言」出於好心，不想別人傷心、痛苦。例如有人誠意約你去你不想去的地方，你為了婉拒而不想對方受傷，於是說了虛假的理由。後來，謊言揭穿了，對方雖然明白你的理由，卻也在揭穿那一刻在彼此心中留下了無法癒合的傷口。

28 論誠實

我認為誠實也會有壞處。耶魯法學院教授史提芬·卡特在一九九六年曾撰寫文章討論誠實的缺憾，裏面提及一個人可以誠實說出自己深信的，而沒有分辨自己所信的是否好的、對的或真的。因為完全誠實的人不代表完全正直，正直的人應該有洞察能力與識別能力。例如正直的人不會愚笨地以誠實傷害他人的感受。可見，那些沒有先考慮情況的誠實、沒有先查明真相的誠實，是會傷害別人的誠實。

29 薪金和興趣

我認為選職業時應（薪金／興趣）為先。著名醫生史懷哲說過：「世上真正有價值的事物，需要熱情和犧牲才能完成。」只有興趣為先才可為我們帶來工作的熱情和滿足，哪怕可能要犧牲豐厚薪金，也要追求有價值的事物、有價值的工作。因此，選職業時應（薪金／興趣）為先。

30 論恆心

1.首先，恆心是成功的不二法門。

3.還有，科學界的事跡也告訴我們，有沒有恆心可能決定了事情的成敗。

鳴 謝

由衷感謝以下團體和人士
鼎力支持與誠摯配合本書出版：

聖公會小學

羅乃萱女士

陳謳明大主教

陳國強座堂主任牧師

鄧志鵬校長

張勇邦校長

何錦添牧師

黃智華校長

主編將版稅全數捐予香港聖公會聖多馬堂

策　　劃：陳超英
責任編輯：余雲嬌　謝燿壕
裝幀設計：Sands Design Workshop
排　　版：龐雅美
插　　畫：鄧佩儀
印　　務：劉漢舉

校長爺爺教寫作系列
寫出優秀說明文
主編｜謝振強

出版 / 中華教育
香港北角英皇道 499 號北角工業大廈 1 樓 B 室
電話：（852）2137 2338
傳真：（852）2713 8202
電子郵件：info@chunghwabook.com.hk
網址：https://www.chunghwabook.com.hk

發行 / 香港聯合書刊物流有限公司
香港新界荃灣德士古道 220-248 號荃灣工業中心 16 樓
電話：（852）2150 2100
傳真：（852）2407 3062
電子郵件：info@suplogistics.com.hk

印刷 / 美雅印刷製本有限公司
香港觀塘榮業街 6 號海濱工業大廈 4 樓 A 室

版次 / 2022 年 3 月初版
　　　2024 年 11 月第 5 次印刷
©2022 2024 中華教育

規格 / 16 開（210 mm x 148 mm）
ISBN / 978-988-8760-76-3